S0-BBT-975

LAS ABUELAS BIEN

Guadalupe Loaeza

LAS ABUELAS BIEN

OCEANO

LAS ABUELAS BIEN

© 2011, 2018, Guadalupe Loaeza

Diseño de portada: Jorge Garnica / La Geometría Secreta

D. R. © 2018, Editorial Océano de México, S.A. de C.V.
Homero 1500 - 402, Col. Polanco
Miguel Hidalgo, 11560, Ciudad de México
info@oceano.com.mx

Primera edición en Océano: 2018

ISBN: 978-607-527-571-0

Impreso en México / Printed in Mexico

Para mis tatarabuelos,
mis bisabuelos, mis abuelos…
pero sobre todo
para mis nietos

Índice

El don de ser abuela

Cuando la conocí, mi abuela era bastante alta. Luego, con los años, fue haciéndose pequeña.

En mi primera memoria de ella, su perfil de nariz aguileña avanza cubriendo poco a poco el alto campanario de la Catedral del Zócalo de la Ciudad de México. En mi última memoria de ella, está tendida en una tina de agua que se ha enfriado, es del tamaño de una niña de 14 años y ya no respira.

Entre mi abuela la Catedral y mi abuela la niña, transcurrió una de las relaciones que marcó mi vida con marcas indelebles.

Mi abuela me lo enseñó todo sobre la belleza. Corrijo, sobre la Belleza.

Los días entre semana en los que el camión del kínder me dejaba en su hogar –el departamento 302 del edificio 360 en la Avenida Nuevo León de la Ciudad de México– eran para mí días de entrar a una belleza y a un orden totalmente distintos a los del resto de mi mundo.

Lámparas de rombos de cristal pendientes del techo. Tapetes persas. Un librero con libros empastados en cuero verde. Una cómoda de piso a techo donde se exhibía una colección de tacitas miniaturas de porcelana.

Era, de pronto, Europa. Y era otro siglo. El siglo de los judíos burgueses de antes de la Segunda Guerra Mundial.

La comida también era distinta a cualquier otra. Arenque. Raíz amarga. Pepinillos en salmuera. Ensalada de col. Pollo rostizado y sin embargo tierno. Compota de manzana. Pastel de mantequilla. Té. Oh, sí, esa extravagante bebida en tierras tropicales, té con azúcar y leche.

Las abuelas nos dan eso. Una ampliación de mundo y de Historia.

Muchos años después de su muerte, en Europa, en Madrid para ser precisa, reencontré a mi abuela en una esquina del barrio de Lavapiés. Ahí estaba de pie en una esquina, pequeña, la nariz aguileña, los ojos negros, la tez morena, con el chongo de siempre, el abrigo beige eterno, la bolsita de asa en la diestra.

Por poco y me desmayo.

Crucé a su esquina y le pedí la hora y un minuto más tarde ya le decía de mi sorpresa al descubrir tan tarde que su fisonomía no coincidía con su lugar de nacimiento, Austria Hungría, sino que era hispana.

Se rio.

—Soy judía sefaradí —me dijo mi abuela resucitada.

Nos fuimos a tomar un café en una mesa de acera. Ella quería saber de cómo una judía sefaradí como mi abuela terminó en un país exótico como México y yo quería saber de cómo la familia de ella se quedó en España a pesar de la Inquisición del siglo xv.

Aún ausente, mi abuela abría aún más mi mundo y mi historia.

Esa noche me prometí no rechazar nada del legado de mis mayores. Abrir mi alma a todas las vertientes culturales que coinciden en mí. Elegí así la diversidad a la pureza. Las historias largas y complejas a las rectas y cortas.

Mi abuela, decía antes, me enseñó todo sobre la Belleza.

Una tarde, me ayudó a hacer frutas de plastilina. Bolitas de tres centímetros de diámetro, rojas, amarillas, verdes, anaranjadas, que lográbamos haciendo girar un pedacito de plastilina entre las palmas. Habíamos terminado de hacer unas 30, que estaban colocadas en un

14

plato, sobre la mesa grande de la sala, cuando me dijo que ahora les haríamos las hojas.

¡Las hojas! Me pareció una empresa imposible hacer hojitas tan pequeñas y fingí que tenía sueño. Mi abuela me dijo que ni modo, igual con sueño las haríamos, porque sin hojas verdes no eran frutas, eran unas miserables bolitas de plastilina.

Esas frutas minúsculas con hojas aún más diminutas me condujeron a uno de mis primeros honores. Al día siguiente la maestra pidió que pasara al frente de la clase con mi plato de frutitas y que mis compañeros aplaudieran. Tal vez más relevante, esa paciencia infinita para el detalle que esa tarde me enseñó a cultivar mi abuela, me dura hasta hoy.

Sospecho que acá cabe otra generalización sobre las abuelas. No sé si todas, sé que muchas abuelas, son capaces de una paciencia con sus nietos y nietas que no tuvieron con sus hijos. Para esa tercera generación tienen más tiempo, más ternura, más conciencia.

Por fin mi abuela me mostró la fuente misma de la Belleza.

Preocupada por mi tendencia al ateísmo, siendo yo una púber, me enseñó a encomendarme a la energía del universo. A decir, me enseñó a rezar sin plegaria, sin religión o dogma.

Hizo que me cubriera los ojos con las manos y que cerrara los ojos y entonces me pidió que viera la purísima energía que bajo mis párpados vibraba. Pura luz.

—Eso sostiene al universo —me dijo en yidish. Su idioma de judía europea.

Y luego agregó:

—Si es luminoso es bello.

Y yo lo creo aún hoy. Esa luz sostiene al universo. Y si algo es luminoso es bello.

Mi querida Guadalupe Loaeza me ha pedido que prologue su libro sobre las abuelas, y lo hago con la lenta y amorosa nostalgia que me provoca evocar a mi abuela materna, la única que conocí.

La misma nostalgia me vuelve cuando me visitan mis sobrinas-nietas. Daniela, Emilia, Victoria, Shani irrumpen corriendo en la sala de mi departamento y se dispersan curioseando por ese mundo distinto que yo agrego a los mundos que ya son suyos.

Preguntan sobre mis raros cuadros dorados. Se montan en la mano de madera que es una silla y domina mi sala. Se carcajean de que yo coma sólo hierbas. Entran a mi dormitorio y saltando sobre la cama king size preguntan por enésima vez detalles sobre mi relación con Isabelle, cuya pijama está bajo una almohada, a un lado de la almohada que cubre mi pijama. Se sientan ante mi computadora y revisan los planos de la escenografía en la que trabajo y quieren saberlo todo sobre los "monitos" que circulan por ella.

Respondo a todo, como mi abuela respondía a todo, simple y directamente. Lo que me exige a veces un arduo ejercicio intelectual.

Okey, suelen responderme, y se van a investigar otra cosa. Y yo sé que algunas de esas respuestas serán para ellas llaves útiles cuando yo ya no esté en este planeta.

Luego les doy lo mejor que yo sé de la vida. Les enseño a inventar historias. Distribuyo los humanos, animales y plantas de maqueta entre las cuatro niñas y armamos escenarios sobre las mesitas de cara de espejo de mi oficina.

Cuando por fin pasan por ellas, salen las cuatro por el quicio de la puerta abierta corriendo, riéndose, discutiendo, y yo me quedo en el sofá de la sala exhausta.

Y pienso otra vez en mi abuela.

Y en el don inigualable de ser abuela.

SABINA BERMAN

16

Cartas de la abuela

Un nieto llamado Tomás

15 de octubre de 2002

El niño es una prueba viviente e irrefuta-
ble de la bondad natural de la humanidad.
VICTOR HUGO

Muy querido Tomás:

Antes que nada deseo darte la bienvenida al planeta Tierra. Sé que llegaste al mundo la madrugada del domingo 13 de octubre sin el menor problema. Según Cecile, tu madre, arribaste con tal aplomo que de inmediato le inspiraste respeto. "Se ve tan serio, se diría que está pensando", me dijo conmovida por teléfono. ¿En qué pensabas, Tomás? Tal vez te encontrabas un poquito intimidado ante la idea de ver, por primera vez, a los que serían tus padres. Créeme que ellos también estaban sumamente nerviosos. No era para menos. Llevaban nueve meses preguntándose cómo serías. Aunque ya te habían visto y escuchado gracias a unos aparatos muy modernos, no tenían el gusto de conocerte. Tengo entendido que desde el momento en que se vieron, en el hospital Lucile Packard Children's de Stanford, California, se cayeron muy, muy bien. ¡Enhorabuena! Ya verás que conforme los vayas descubriendo, comprenderás cuán suertudo eres de tenerlos como papás. Además de simpáticos, ambos son muy querendones. Es decir, muy tiernos; su corazón es más grande que el hueso del mango petacón. Todavía no has probado los mangos, ¿verdad? Mira, Tomás, hay varios tipos; está el Manila, que es delicioso; el petacón, que es muy dulce y los otros, con olor a niña. Me explico, en estos momentos que todavía estás en la *nursery*, seguramente en las otras cunas se encuentra una que otra bebita de buen ver. Si después de observarlas con cuidado, adviertes que en efecto hay una que se trata de una verdadera belleza, entonces, es ¡un mango!

Me temo que estoy incurriendo en una absoluta trivialidad. En lugar de explicarte correctamente qué son y de dónde vienen estas maravillosas frutas, actué como la típica abuela sexista. Te pido disculpas. He aquí la explicación que nos proporciona el *Diccionario de la Real Academia Española* en su vigésima primera edición: "Mango: Árbol de la familia de las anacardiáceas, originario de la India y muy propagado en América y en todos los países intertropicales, que crece hasta quince metros de altura, con tronco recto de corteza negra y rugosa, copa grande y espesa, hojas persistentes, duras y lanceoladas, flores pequeñas, amarillentas y en panoja, fruto oval, arriñonado, amarillo, de corteza delgada y correosa, aromático y de sabor agradable".

Has de saber, Tomás, que como regalo de bienvenida deseo obsequiarte este maravilloso instrumento que se llama diccionario y el cual me ha acompañado desde hace muchos años. En él encontrarás todas las palabras inimaginables con su respectivo significado. Tu bisabuela solía decir que, si todos los días aprendiéramos cinco palabras del diccionario, no nada más enriqueceríamos nuestro vocabulario, sino que se nos "abriría" el entendimiento. Es más, mañana mismo iré con el encuadernador de doña Lola que está en la colonia Roma y le pediré que me lo encuaderne en piel, en color mango. ¿Qué te parece? Ése será mi primer regalo. Miento, ya te tengo otro, pero no te voy a decir de qué se trata. Tendrás que esperar hasta que te lo entregue personalmente, que será el viernes 25, día en que también te presentaré a mi marido y a tu tía Lolita, hermana de tu padre, quien, por cierto, se muere de ganas de conocerte.

Tomás, tengo la impresión de que tú y yo vamos a ser muy buenos amigos. Sin embargo, desde que sé que ya llegaste, me siento extraña. Hace dos días, traigo como un nudo en la garganta. Es cierto que es muy pequeñito, pero allí está. Lo que más temo es que en cualquier momento, se podría desanudar, es decir, dejaría de ser un nudito para convertirse en un chorro de lágrimas. Lo que sucede, Tomás, es que estoy muy conmovida. Me conmueve enormemente el hecho de que seas el primogénito, de mi segundo hijo. No hay duda de que tu nacimiento me ha provocado muchos sentimientos, pero, igualmente, reflexiones de todo tipo. Tengo la impresión de que desde hace cuarenta y ocho horas, pertenezco a otra generación. Por pequeño que sea ese lapso, además de esposa y madre, me he convertido en abuela. Esta certidumbre me provoca una cierta zozobra. ¿Sabes por qué? Por la enorme responsabilidad que implica el ser la abuela de Tomás. Es un rol que me hace sentir muy importante. Es como si me acabaran de dar un nombramiento sumamente honroso. En otras palabras, es un honor para mí ser tu mamá grande. Gran-de, así me siento. Es como si de pronto hubiera ascendido un piso más. Ignoro en cuál número me encuentro, pero estoy cierta de que tu sola existencia me ha hecho subir varios escalones. ¿Sabes qué? Me gusta la idea.

Por otro lado, estoy temerosa. Me da miedo no gustarte, no simpatizarte. Por pequeñito que seas, temo no estar a tu altura. En otras palabras, decepcionarte. Cuando tus padres tengan que salir y se vean obligados a dejarte conmigo, ¿qué tal si no te gusta la idea? ¿Qué tal si te aburro, o te abrumo con cursilerías? Tengo tantos deseos de hacer correctamente mi papel de abuela que temo equivocarme. Por lo pronto te puedo decir que tengo muchos planes para ti. Algo me dice que, gracias a ti, voy a redescubrir un sinnúmero de cosas. Por ejemplo, la lectura del viejo *Tesoro de la Juventud* que acostumbraba a leer; conciertos para piano de Mozart, que hace mucho tiempo no escucho; muchas fotografías de la familia que tengo arrumbadas; recetas que hace años ya no hago; parques a los que no he vuelto; películas como *Dumbo* o *Bambi* que tanto me hacían llorar cuando era niña; la música de los Hermanos Rincón que solía ponerle a tu padre; recordar viejas anécdotas de cuando tu papá era chiquito.

¿Te das cuenta, Tomás, de todas las ilusiones que me ofrece la perspectiva de saberte y verte crecer? Nada me daría más ilusión que juntos viéramos las películas de Charles Chaplin; que juntos paseáramos por los jardines de Luxemburgo, donde solía llevar a tu papá cuando íbamos a visitar a tus bisabuelos franceses; que juntos comiéramos la nieve de mango que venden enfrente del quiosco de Santa María la Ribera; que juntos jugáramos a los palillos chinos y que juntos nos subiéramos al Tepozteco.

Sí, Tomás, me das un chingo de ilusión (lo de chingo no se dice, pero no importa). Estoy tan contenta que tengo ganas de llorar. Estoy tan contenta que quiero adoptar a más nietos. Estoy tan contenta que me siento como una abuelita adolescente. A partir de mañana, me aprenderé de memoria las canciones de Cri-Cri, memorizaré todas las poesías que escribió Victor Hugo para sus *petits enfants*, me perfeccionaré en repostería, tomaré clases de fotografía para tomarte miles de fotos, te compraré todos los juegos educativos que encuentre por mi camino, te coseré, con mis manos, unos títeres y, por último, me cuidaré todavía más para que tengas abuelita para mucho rato...

Por último, Tomás, déjame decirte que fuiste un bebé muy deseado y esperado por tus padres. De ahí que piense que tu llegada no hará más que llenarlos aún más de felicidad. ¿Ya te diste cuenta de cuán enamorados están? Por añadidura, tienes la suerte de contar con unos abuelos maternos adorables. Y, por si fuera poco, por los dos lados, tienes unos tíos entrañables. Tanto tus tíos abuelos como tu bisabuela que viven en Francia, son como de película de Jacques Tati. Respecto a mi familia, también es como de filme, pero de la época de oro del cine mexicano. Qué tanta suerte tendrás, que por el lado de tu padre no nada más tienes un abuelo, sino ¡dos! En total suman tres, que te cuidarán como el niño de sus ojos…

Tomás, no me queda más que agradecerte tu maravillosa existencia.

Tu abuela, Mamalú

182 días y 26 semanas

Tepoztlán, Morelos, 13 de marzo de 2003

Muy querido Tomás:

Hoy, Tomás, el sol amaneció particularmente amarillo y brillante. Todo en el jardín en Tepoztlán tiene un brillo muy especial, se diría que un avión enviado por las autoridades del cielo arrojó, desde muy tempranito, toneladas de diamantina. ¿Sabes lo que es la diamantina, Tomás? Es un polvito de plástico vidriado de todos colores; cualquier cosa que rocíes con esta materia pulverizada, en un dos por tres, se convierte en un objeto deslumbrante. Me pregunto si tus ojos azules no tendrán miligramos de diamantina. ¡Brillan tanto!

Hoy, Tomás, cumples seis meses; medio año; 182 días y 26 semanas. Tu cumplemeses cayó justo en domingo; pero no en cualquiera, sino en Domingo de Ramos. Estoy segura de que cuando seas más grande y empieces a ir al colegio, el domingo será tu día predilecto de toda la semana. Mientras tanto, permíteme regalarte los míos que me faltan por vivir. Son tuyos. Incluso si alguno que otro resulta un domingo medio triste, medio melancólico o medio aburrido. ¿Tú crees,

Tomás, que si uno vive dos domingos a la vez se podría descansar y divertir doblemente?

Hoy, Tomás, te extraño más que el lunes, el martes, el miércoles, el jueves, el viernes y el sábado de la semana pasada. También te extrañan el jardín y las flores de esta maravillosa casa que rentamos a los benditos dueños. Te extraña Carlita, la nieta de doña Kika; te extraña Enrique, el doctor, que hoy domingo se puso sus bermudas de mezclilla con su camiseta blanca estilo chofer italiano. Te extraña tu tía Lolita, que está en Valle de Bravo ayudando a crecer a muchas orquídeas y recordándole cada dos minutos a Carlos, su novio, cuánto lo quiere. Te extraña tu tío Diego, que acaba de cumplir treinta y un años, los cuales recibió con los brazos abiertos. Y te extrañan los cerros de Tepoztlán rociados también por millones de toneladas de diamantina.

Hoy, Tomás, amanecí con una sonrisa en los labios. ¿Por qué? Porque soñé contigo. Soñé que de tu chupón, ése tan bonito que te compró tu mamá, salían muchos pescaditos dorados. Qué extraño, ¿verdad? ¿Qué querrá decir mi sueño? Lo más curioso de todo es que se te había caído en la taza del baño y yo hacía todo lo posible por recuperarlo. No lo lograba. Se me resbalaba de las manos. Pero afortunadamente, no llorabas. Tú estabas paradito muy cerca de mí observando cómo hacía lo imposible por atrapar tu chupón. "Ahorita, ahoritita lo saco. Tenme un poquito de paciencia", te decía en tanto metía mis dos manos en el WC, como dicen las puertas de los baños en las fondas. Ay, Tomás, qué trabajo me daba atrapar ese chupón entre tantos pescaditos anaranjados. Finalmente lo lograba. "Hay que hervirlo para que se desinfecte", te dije como una abuela responsable. Juntos íbamos a la cocina. Juntos buscamos una ollita, juntos la llenamos de agua, y juntos le introdujimos tu chupón. El agua hirvió; *glu, glu, glu,* hacían las burbujas. Los dos estábamos divertidísimos viendo cómo hervía el agua y flotaba tu chupón. Pero ¿qué crees que pasó después, Tomás? Se deshizo tu chupón

26

por completo. De él ya no existía más que el cordón con las bolitas de colores. Y al verlo así te pusiste a llorar. "Bubububuuuu", hacías tristísimo. Llorabas tanto que hasta me hiciste llorar. También hiciste llorar a doña Kika, a Carlita, su nieta, a don Fabián y hasta a los dos de sus perros que siempre tienen encerrados en la azotea los hiciste llorar. Bueno, para no hacerte este sueño tan largo, Tomás, ¿qué crees que hice? Me fui al mercado y allí te compré un chupón en forma de estrella. Estaba precioso. Cada pico tenía un sabor distinto: tamarindo, guanábana, piña, mango y limón. Tú lo chupabas y lo chupabas con un gusto increíble. "Yummmmmm", hacías al saborearlo. De nuevo estabas feliz. Me hacías unas sonrisas tan maravillosas que te tomaba a besos. Estaba a punto de darte el octogésimo beso, cuando de pronto desperté pensando en ti, y feliz de la vida de haber solucionado el problema de tu chupón.

Por último, mi queridísimo Tomás, quiero decirte que Enrique, Lolita, Diego y yo te compramos un regalo muy bonito por tu cumplemeses. Te lo enviamos con Lili, la cuñada de Enrique que vive en San José y que seguramente llamará a tus papás el mismo lunes para ponerse de acuerdo para que vayan a recogerlo. Mientras tanto, recibe todo el cariño de tu abuela. Dales de nuestra parte muchos besos a tu papá y a tu mamá. Salúdanos a todos tus amiguitos, los de peluche y los de verdad. Cuídate y cuida mucho a tus papis. Te queremos y te enviamos, desde aquí, por tus primeros seis meses de vida, montañas de pétalos de bugambilias y 365 chupones con forma de estrella.

Tu abuela y Enrique

27

Un viernes santo... pensando en los nietos

Tepoztlán, Viernes Santo, 18 de abril de 2003

Queridos nietos:

Son las 11:51 a.m., es Viernes Santo, estoy frente a los maravillosos cerros de Tepoztlán. Enrique se está peinando su poco pelo frente al espejo del baño de nuestra recámara, estamos escuchando un disco de Bob Dylan, doña Kika está lavando los trastes del desayuno, don Fabián está cortando algunos alcatraces secos, sigo en bata y en camisón; y los quiero mucho. Sí, la existencia de ustedes se ha convertido para mí en un regalo enorme. Siento como si me hubiera ganado el premio mayor de la lotería. Para mí son como una herencia millonaria. Han de saber que de toda la gente que conozco en el mundo, de lejos, ustedes son mis consentidos. No me caen bien, me caen ¡requetebién!, me caen ¡de diez!, me caen a todo dar, o ¡a toda madre!, como dicen los chavos mal educados. Me gustan física, moral e intelectualmente. Estoy de acuerdo con ustedes en todo.

(Hagamos un pequeño paréntesis y permítanme decirles lo que me dice su tía Lolita de uno de ustedes, ya que en estos precisos momentos estoy hablando por teléfono con ella: "Hola: Espero que tus cachetes sigan creciendo para comerte a besos cuando te vea. Me caíste muy bien. Ya sabes que puedes venir cuando quieras a Santa María Pipioltepec –el lugar de los pipioles, que son unos como avispones– para nadar en el río y ayudarnos a mí y a Carlos a plantar cactus y orquídeas. Espero que el Domingo de Pascua encuentres muchos huevitos. Bueno, te dejo porque a mi mamá le está saliendo muy cara esta larga distancia hasta Valle de Bravo. Dales un beso a tus papás y tú recibe dos decenas de ellos redondos y con sabor a chocolate. Te quiere, tu tía Lolita").

Ahora volvamos a cosas serias. Hoy quiero platicarles en qué consiste esta semana, a la cual se le llama la Semana Santa y que justo empezó el pasado Domingo de Ramos. Para explicarles el verdadero sentido de estos días, recurriré a mi librito de Primera Comunión que encontré hace unos días, de pura casualidad y en el cual narro cómo tuve que prepararme para recibir, a los nueve años, por primera vez la Santa Eucaristía. No se pueden imaginar qué horrible escritura tenía a esa edad. Las "t" y las "l" parecen lombrices, sin embargo, se puede leer con cierta claridad, por ejemplo esto que intitulé "Jesús amigo de los niños", escrito en el año de 1955: "Cuando Jesús fue grande empezaron a perseguirlo mucho. Esto era muy injusto porque entonces Él ya curaba a ciegos, cojos, mancos, atrasados mentales. Un día estaba Jesús con sus apóstoles y vieron que su maestro ya estaba muy cansado. Les dijo: 'Váyanse, ¿qué no ven que Jesús está muy cansado?'. Los apóstoles se fueron y lo dejaron solito. Entonces, en esos momentos se le acercaron miles de niños. Todos querían tocarlo, escucharlo y ver quién era ese hombre que hacía tantos milagros como curar a toda esa gente enferma. Al ver a todos esos niños, se acercaron los apóstoles. '¡Váyanse,

váyanse!', les gritaban. Entonces Jesús, les dijo: 'Dejad que los niños se acerquen a mí porque de ellos será el reino de los cielos'. Después le dio un beso y un abrazo a cada uno de ellos. Y desde entonces, Jesús siempre ha sido el mejor amigo de los niños".

Ay, no saben en qué estado se encuentra el librito de su abuela. Tiene las tapas todas amarillentas, las hojas están cubiertas por manchas color café con leche por la humedad. ¿Y saben qué? Todas las orillitas están mordidas por ratones. ¿Que cómo lo sé? Porque todavía aparecen las marcas de sus dientecitos. Tal vez muchos de ellos pensaron que al morder las hojas era como si estuvieran comulgando. No me sorprendería que las mamás ratoncitas hubieran utilizado este libro para preparar a sus hijos ratoncitos. A lo mejor en el momento en que recibieron la hostia su pielecita oscura se vistió de blanco y en un dos por tres se convirtieron en unos ratoncitos blancos ¡preciosos! Es decir, en ratones santos. Y hablando de ratones, ¿sabían que los murciélagos en realidad son los ángeles de la guarda de los ratones? Por eso nada más salen por las noches.

Por último y para no cansarlos (¿sabían que son más bonitos que el Niño Jesús? Híjole, pero, por favor, esto no se lo digan a nadie porque es como decir una blasfemia) quiero transcribirles lo que conté a propósito de la Última Cena, sucedida el Jueves Santo, es decir, cuando se celebra la Pascua: "Ese día Jesús estaba en una sala grande rodeado por sus doce apóstoles. Y entonces le dieron un cordero cocido y muchas hojas de lechuga, vino y pan. Después de la cena, Jesús se paró de su silla, cogió el pan, lo partió en muchos pedacitos y se los dio a sus doce apóstoles. Uno de ellos era Judas, el que lo traicionó y lo entregó a los judíos. Es que él tenía el diablo metido en su corazón. Después Jesús levantó su vaso con vino y dijo: 'Tomad y bebed, esto es mi sangre'. Y todos los apóstoles bebieron de su vaso. Y Judas se fue. Se fue a un lago y allí se colgó de un árbol. Se colgó de desesperación y de puro coraje".

Por más que busqué el momento de la Crucifixión no la encontré. Tal vez uno de los ratoncitos de los que les hablé y que era tan malo como Judas, se comió esa hoja. El caso es que nada más aparece la Resurrección: "Un día en que Jesús estaba muerto, la Virgen, su madre, lo agarró (nunca digan esta palabra por decir 'tomó', es horrible. Los únicos que tienen garras son los animales. Por ejemplo, pueden decir: 'los ratoncitos agarraron el libro de mi abuela y casi se lo comen enterito') con una sábana limpia. La lavó muy bien. Y junto con los apóstoles lo envolvieron muy bien y lo llevaron al sepulcro. Allí lo perfumaron porque ya olía muy feo (esto no es cierto, Jesucristo jamás pudo haber emitido un olor desagradable. ¡Imposible!). Después taparon el sepulcro con una piedrota. Lo taparon muy fuerte y quedó muy bien encerrado. Pero... pero al tercer día resucitó y salió afuera sin las llagas en sus manos. Entonces los apóstoles fueron y le echaron más perfume y yerbas. Afuera del sepulcro lo estaba esperando María Magdalena con los ojos rojos y muy hinchados de tanto llorar. Todo su pelo estaba mojado, cubierto de lágrimas".

Como verán, desde entonces su abuela era bastante exagerada y ya le gustaba contar cuentos. Bueno, los dejo porque creo que ya los aburrí.

Los quiere,

Su abuela Mamalú

Una abuela desnaturalizada

15 de noviembre de 2003

Mi muy querido Tomás:

Sí, tienes toda la razón, tienes una abuela desnaturalizada. Una abuela que te ha dejado de escribir hace mucho tiempo. Sí, estás en lo cierto, eres nieto de una mamá grande que no tiene perdón de Dios. *Mea culpa, mea culpa,* mi queridísimo Tomás, pero si tú supieras… si supieras cómo vivo. Créeme que no me alcanzan las veinticuatro horas del día. Según una amiga, quien por cierto nunca se ha caracterizado por sus luces, la jornada de este nuevo siglo ya no contiene veinticuatro horas, sino nada más dieciocho. "Todo se debe a que la capa de ozono se ha adelgazado y que en algunos sitios prácticamente se ha perdido. Tiene que ver el calentamiento de la Tierra y el efecto invernadero, lo cual significa que el sol cada vez está más lejano." Eran tantas las tonterías que me decía con mucha autoridad que por un momento tuve ganas de decirle que tal vez se habían achicado los días, porque se acababa de descubrir que ahora la Tierra era plana.

Fuera de broma, Tomás, me siento muy mal contigo. Primero no te escribía a causa de la novela, luego por la compra de un departamento en una plaza que un día llevará tu nombre, y ahora debido a los compromisos del lanzamiento de mis dos libros. No, no tengo nombre, no tengo vergüenza, no tengo tiempo, no tengo dinero, no tengo cintura, no tengo juventud, no tengo piernas bonitas, no tengo los ojos azules como tú, no tengo diplomas universitarios, no tengo un BMW, no tengo un avión particular y, por último, no tengo *mother*, por haberte dejado sin noticias mías tanto tiempo. En otras palabras, soy de lo peor por no haberte escrito ni siquiera por tu primer año. Es cierto que entre tus tíos, Enrique y yo te enviamos dos regalitos, pero es obvio que no era suficiente.

Ay, Tomás, si supieras qué complicada es mi vida. Lejos de ser cuadrada, es como uno de esos rehiletes de colores que venden en las ferias, da vueltas y vueltas y más vueltas sin parar. Te lo juro que a veces hasta me mareo. De pronto todo se me voltea al revés y ya no encuentro mi camino ni las cosas ni nada. Ay, Tomás, qué abuela paterna te tocó. Pobrecito. Bueno… tampoco hay que exagerar, a lo mejor es mucho más divertido tener una abuelita que es un caos, que una toda perfectita como la que tenía Caperucita Roja, que ya ves que hasta se la comió el lobo. Por lo que a mí se refiere, puedes estar seguro que no hay lobo en la Tierra que logre comerse a tu abuela. Pobre de él, le iría tan mal. Pregúntame cuántos escobazos le daría, pregúntame cuántos puntapiés, pregúntame cuántos guamazos, pregúntame cuántas trompadas y pregúntame cuántas veces le jalaría la cola. Despreocúpate, Tomás, en ese sentido me defendería a más no poder; además, sé que tú también lo harías hasta las últimas consecuencias. Cuento contigo, conste, ¿eh?

Tomás, Tomasín, Tomasón, Tomatito, Tomate con papas, Tomate verde, colorado y morado, y tú, ¿cómo has estado? ¿Cómo van los dientes? ¿Qué tal tus rizos de oro? ¿Y tus nuevos juegos? ¿Y los amigos? ¿Cómo te estás llevando con tus papás? ¿Qué has descubierto últimamente? ¿Cómo duermes? ¿Has probado, en estos días, algún platillo nuevo? ¿Ya caminas solito? ¿Y corres? Pero no te tropiezas, ¿verdad? ¿Y brincas? Dime, Tomás, ¿ya estás listo para tu viaje a México? Aquí todos estamos muy ilusionados con su llegada. Qué tan contenta he de estar que hasta nueva cocina mandé a hacer para que cuando tú llegues, solito vayas a la despensa y escojas las galletas que te voy a comprar. Me muero de ganas de verte. Imagino que has de estar muy cambiado. Hecho un muchachote, como dirían las abuelitas cursis. Ay, Tomás, ¿qué crees que se me ocurrió el otro día mientras hablaba con Rogelio Carvajal? Escribir un libro que se llame *Las abuelas bien*. ¿No te encanta la idea? A mi editor le gustó tanto, que dos horas después me envió el contrato para que se lo firmara. Tengo que escribirlo para el año que viene. En efecto Tomás, entendiste perfecto, las tan nombradas *Niñas bien* publicada en 1985, hoy por hoy, ya somos abuelas. Me temo que nunca nos hubiéramos convertido en "señoras bien", sino que andando el tiempo dimos un brincotote y un buen día amanecimos hechas unas abuelitas, pero con corazón de niñas. ¿Verdad que es una buena idea este proyecto? Y hablando de proyectos, te he decir que ya se encuentran en todas las librerías de la capital, como le dicen al D.F., en las telecomedias, miles y miles (20 mil) ejemplares de *Las yeguas finas*. Hasta ahora no me han hecho ninguna crítica, ni buena ni mala ni regular ni nada. Estoy nerviosísima. La otra noche no podía dormir a conciencia; de pronto me desperté de lo más sobresaltada y solita empecé a hablar debajo del cojín. "Está horrible, lo que escribí es pésimo. Que nadie lea mi novela. No vale la pena. Por favor, que nadie la compre. Dios mío, retírala de todos los anaqueles. ¡Desaparécela!" ¿Qué crees? Hace casi tres semanas se la regalé a mi compañero de viaje en la vida, Enrique, y no la ha leído. ¿Te das cuenta? Lo mismo ha sucedido con Diego y con Lolita. Les vale. En el fondo ya han de estar hartos de la autora. Ay, Tomás, dime que tú sí la vas a leer, te lo suplico. Por favor, ya toma clases de lectura para que la leas. Ya vino Enrique por mí. Te tengo que dejar, no sin antes enviarte dieciséis millones de besos y de perdones.

Te quiere,

Tu abuela, Guadalupe

P. D. Dales muchos besos a tus papás, a tus amigos, a tus peluches, a tus dedos del pie y a tus ojos lindos.

Peter Pan y Wendy

6 de febrero de 2005

Querido Tomás, mi único nieto adorabilísimo:

Hace dos madrugadas soñé contigo, en un par de ocasiones (antes y después de ir a donde nada más el rey va solo). En la primera vez, te suplicaba lo siguiente: "Tomás, no crezcas, no quiero que crezcas; quédate igual que como apareces en las últimas fotos que me mandaron de ti. Así te quiero para siempre…". En la segunda vez, te veía más grande, pero entonces te rogaba: "Tomás, no juegues en ese equipo de futbol, no te conviene. Esos niños son malos y tú no eres como ellos. Además, el color de su uniforme es horrible, no juegues con ellos." Por más que trato de analizar mi sueño, no entiendo su significado. Pensé tanto que terminó por inspirarme una correspondencia entre Peter Pan y Wendy. Te la dedico con todo mi corazón. Te quiere, tu abuela, soñadora que piensa tanto en ti, Guadalupe.

País de Nunca Jamás...

Mi querida Wendy:

El año pasado, justo el 24 de diciembre de 1904, se cumplieron cien años del estreno en Londres de la obra teatral *Peter Pan o el niño que no quería crecer*, escrita por James M. Barrie, en la que tú y yo aparecimos por primera vez. ¿Recuerdas que fue en el teatro Duke of Cork? ¿Ya sacaste cuentas? ¡Sí! Cumplimos nuestro primer centenario. Cien años durante los cuales hemos regresado cada Navidad a las tablas londinenses. Fue tal el éxito obtenido que Barrie publicó en 1911 nuestra historia como cuento. Ahí narra nuestras vicisitudes, junto con tus hermanos y Campanilla, en el país de Nunca Jamás. Este relato ya se convirtió en un clásico que, a su vez, inspiró esa película de dibujos animados que nos hizo todavía más famosos. De ahí que todas las noches yo saco a muchos niños de sus sueños al país de Nunca Jamás y los devuelvo al amanecer sin que sus papás se enteren. Yo represento, por si no lo sabías, Wendy, la realización de un deseo: hacer triunfar la juventud sobre la vejez. Y mi nombre ha quedado como el sinónimo de la eterna juventud. Sí, mi querida Wendy, crecer es lo más horrible del mundo, lo más terrible, lo más catastrófico, lo más traumático y apabullante. Todo lo que sucede después de los doce años de edad no tiene la menor importancia, te lo aseguro. Veme a mí, siempre libre, contento, divertido, lleno de aventuras. Todas las primaveras, excepto cuando se me olvida, vengo a buscar a los hermanos Darling: tú, John y Michael. La hadita que siempre me acompaña, Campanilla, nos ayuda echándoles un poco de polvo mágico para que puedan volar al país de Nunca Jamás. Tú, Wendy, te ocupas de todos esos *niños perdidos*, sin madre, los bebés que se han caído de sus cochecitos cuando las nanas estaban distraídas. También cuidas de tus hermanitos y de mí. Tenemos una serie de aventuras: nos peleamos con los indios, nos enfrentamos a los temibles piratas cuyo jefe es el tremendo capitán Garfio y nos encontramos con un cocodrilo horroroso, devorador del tiempo, porque se ha tragado un reloj y anuncia su presencia con un *tic-tac, tic-tac, tic-tac*. Nos encontramos en peligro de muerte cuando el capitán Garfio nos captura pero, en el momento preciso en que nos va a lanzar por la borda al mar, valientemente, libro una lucha feroz, salvándonos y precipitando al malvado en las fauces del cocodrilo. Cuando llega la hora de volver al hogar, yo intento convencerlos para que se queden conmigo en el país de Nunca Jamás, pero ustedes extrañan a sus padres y desean volver. "¡Quédate con nosotros!", me piden todos. Rehúso su oferta porque si me quedo con ustedes dejaré de ser niño y eso no lo puedo admitir. Les pido que mejor vengan conmigo a mi país. Al ver que no me van a hacer caso, les hago una súplica: "No se hagan mayores nunca. Aunque crezcan, no pierdan jamás su fantasía ni su imaginación. De ese modo seguiremos siempre juntos".

Sí, mi querida Wendy, la fantasía es lo mejor que pueden tener los seres humanos en su vida. Gracias a ella existo. Gracias a ella puedo volar con mis amigas las hadas, tener aventuras maravillosas y hablar con los animales, los árboles, las flores, las piedras, las nubes y las estrellas. Yo soy la juventud, la alegría, un pájaro que rompió el cascarón de su huevo. No, no quiero crecer. ¿Te imaginas? Si tuviera que crecer tendría que ir a la escuela, y supongo que después tendría que ir a una oficina y pronto me convertiría en un hombre maduro. ¡No! ¡No! ¡No! No quisiera ir a la escuela para aprender cosas serias. No quiero ser adulto. Yo, como el dios griego de la Naturaleza, Pan, del cual llevo el nombre, me gusta tocar el caramillo, recorrer los campos, tener dones especiales y disfrutar de todas las delicias y los placeres de la infancia. Pan era hijo de Hermes y de una ninfa que lo abandonó, recién nacido, por su fealdad. Yo también tuve una madre que no me sostuvo. Pero tú, Wendy, eres como mi mamá, me cuidas y me proteges como a los niños perdidos y así es como te quiero. El dios Pan tenía cuernos, pies de cabra y el cuerpo cubierto de vello. Yo también tengo un halo silvestre y, ¿te has fijado Wendy, que siempre dejo un reguero de hojas secas?

Fíjate, Wendy, durante cien años he sido uno de los personajes más queridos por los niños y miles de ellos han disfrutado conmigo en el país de Nunca Jamás por las noches sin dolor y preocupaciones. Los mayores también necesitan olvidarse de su aburrida vida cotidiana. Continuamente ven películas que no son reales y durante ese tiempo se olvidan del mundo real, viviendo una aventura imaginaria. Otros se olvidan de sus problemas acudiendo al futbol, al baile, viendo horas y horas la televisión, paseando en algún parque u oyendo música. Imagínate, que si no buscaran esos escapes para alejarse durante algún tiempo de su triste realidad, estarían siempre tristes y deprimidos. ¿No crees, mi querida Wendy, que soñar es la mejor manera de ser feliz?

Por último, permíteme decirte que he estado pensando mucho en nuestro autor James M. Barrie, al cual le estoy inmensamente agradecido porque si no fuera por su gran imaginación y su increíble fantasía no existiríamos tú y yo ni tu adorable familia ni el capitán Garfio y el temible cocodrilo ni Campanilla ni tampoco el cocodrilo. Pero lo que sería insoportable y una tristeza infinita es que no existiría el país de Nunca Jamás. Mientras los niños sean alegres, inocentes y hasta un poquito egoístas y piensen en mí, regresaré siempre, siempre, siempre. Aunque crezcas, Wendy, no te hagas mayor y pierdas tu imaginación y fantasía. Así cumpliremos, juntos, otros cien años más, ¡doscientos!, ¡trescientos! Y hasta, ¡mil!

Tuyo para toda la eternidad,

Peter Pan

Veinticuatro horas después el siempre joven Peter Pan, recibió la contestación de su carta, de su novia-madre, Wendy.

Hoy, Kensington Gardens,
Londres de este año

Mi querido Peter Pan:

Mucho agradezco tu carta que me llegó exactamente en el momento en que me entero de que, además de tu fama como mito de la literatura infantil, resulta ahora que tu deseo loco de la eterna juventud y tu celebérrimo nombre le han dado a la psicología el término perfecto para describir a aquellas personas que, ya creciditas, se resisten a madurar. Pues, ¿qué crees, Peter? Dicen los especialistas que todas aquellas personas que consideran, como tú, que crecer es algo aterrador, horroroso, atroz, insoportable, espantoso e inaceptable, sufren de lo que los psiquiatras han llamado *síndrome de Peter Pan*. Este mal, según dicen, afecta a no pocos habitantes del planeta. Aunque ese síndrome también se encarna en la mujer, por alguna razón parecería que los hombres son más proclives a sufrirlo. Tal vez porque la mujer se ocupa del cuidado de los hijos, lo cual nos lleva al *dilema Wendy*, que te explicaré más adelante. El caso es que el síndrome Peter Pan se ha convertido en casi una enfermedad social que se manifiesta de diferentes formas: el que no quiere terminar de madurar, que no puede tomar la decisión de despegarse de la casa paterna cuando ya es tiempo de hacerlo, que no sabe y no puede renunciar a ser hijo para empezar a ser padre, sufre del síndrome. Aquel que, aunque lleva una vida profesional exitosa y de gran responsabilidad, en su vida personal se sigue

41

portando como adolescente o como *niño grande*, es decir, egocéntrico, irresponsable y ávido de la última diversión, sufre del síndrome. El hombre que no se responsabiliza, no se exige a sí mismo y requiere de mimos constantes porque sufre de soledad, es víctima del síndrome. He aquí otros síntomas: la necesidad de atención, la cual obtienen a base de caprichos, falta de compromiso en sus relaciones emocionales y falta de madurez afectiva. A estos personajes les gusta vestirse con prendas como botas de cowboy (¿a qué personaje político te recuerda?), camisetas de su equipo favorito de futbol y hablar con los coloquialismos que utilizan sus hijos. En algunos casos no alcanzan una madurez sexual, permanecen como niños. Por lo general, establecen una relación muy cercana con su madre y cuando se casan esperan que su esposa se comporte muy maternalmente, es decir, exactamente igual que su mami. Aquí es donde entro yo, mi querido Peter, representando el dilema de Wendy. Te lo voy a explicar. Muchas mujeres creen haber encontrado la forma de demostrar su amor a sus parejas, desempeñando el papel de madres. Pero, de pronto, se dan cuenta de que el rol maternal adquirido alienta en sus compañeros conductas inmaduras. El problema se les presenta cuando quieren cuidarlos y protegerlos sin caer en la trampa de comportarse como una madre, y es ahí cuando se enfrentan con un dilema: el complejo de Wendy. En el cuento, yo hago de madre tuya en el país de Nunca Jamás (donde por cierto ya sabes a quién le encanta vivir…). Procuro protegerte de tus conflictos interiores, satisfago todos tus caprichos y me compadezco de tu debilidad emocional. Aunque expreso un desencanto por tu inmadurez, siempre procuro evitar cuidadosamente cualquier enfrentamiento o reproche. Pienso que todos los hombres tienen, al menos, un poquito de tus características… al fin y al cabo, eres un tipo simpático y casi todas las mujeres han amado a uno como tú… aunque ninguna haya podido soportarlo.

Aquí hago un paréntesis para contarte que hay un personaje llamado Michael Jackson, al que los estudiosos en este síndrome consideran como el Peter Pan más característico que hay. A los cuarenta y seis años de edad, se rehúsa a ser un adulto. Siempre está rodeado de niños, tiene un chimpancé como mascota que se llama Bubbles. Tiene un enorme rancho cerca de Santa Ynez, California, nombrado como tu país: Neverland (País de Nunca Jamás), que incluye un zoológico, rueda de la fortuna, montaña rusa y maquinitas de videojuegos. Usa el pelo largo y siempre está vestido de una manera muy estrambótica. Él es, por supuesto, una pésima caricatura de Peter Pan, ya que ha utilizado esa imagen para fines perversos y criminales. Pero volvamos a nuestro tema de las parejas Peter Pan-Wendy.

La pareja es un asunto de dos y no de uno solo y el grado de entendimiento y de acople tiene mucho que ver con las características de la Wendy que convive con Peter Pan. Por ejemplo, si el hombre es inmaduro y su mujer tiene las características Wendy, será una pareja compatible. Si, al contrario, ella no las tiene será una pareja incompatible. Asimismo, si la mujer Wendy tiene un compañero que no tiene características Peter Pan, poco tiene que hacer con él. Claro que no existen fórmulas universales, pero es muy frecuente reconocer parejas en las que el hombre es un habitante del país de Nunca Jamás y aunque la mujer lo acompañe de vez en cuando a ese país para cuidarlo y protegerlo, siempre procura regresar a la realidad aunque no lo logre. El problema surge cuando ella quiere seguir creciendo por su lado.

¿Tú sabes, Peter, por qué James M. Barrie nos imaginó? El caso de nuestro autor es excepcional en el sentido que su arte coincide con su vida. Para otros autores, la imaginación y la fantasía eran elementos de evasión del dominio de los sueños pero, curiosamente, para Barrie el loco deseo de no querer crecer se convirtió en una realidad. Mira, él nació a finales del siglo XIX, en Kirriemuir, Escocia, en el seno de una familia numerosa y feliz. Sus padres alentaron en sus hijos todas las formas de ambición intelectual. Pero cuando James cumplió seis años de edad perdió a su hermano mayor, David, de trece años y el más brillante de todos, en un accidente mortal, patinando sobre el hielo. La madre se hundió en un profundo dolor y una depresión que la obligó a encerrarse en su cuarto sin salir, abandonando el cuidado de sus hijos. Un día que el pequeño James se encontraba solo y abandonado, una hermana le aconsejó que tratara de consolar a su mamá. Así contó el episodio: "Toqué a la puerta y una voz inquieta preguntó: '¿Eres tú?'. Yo me imaginé que ella se dirigía a mi hermano muerto y con una voz débil y tímida, le dije 'No, no es él, soy solamente yo'. Enseguida oí un grito, mi madre se incorporó sobre su lecho y a pesar de la oscuridad, vi que me extendía los brazos". De ahí que Barrie se sintió en la obligación de consolar a su madre tratando de parecerse a David lo más posible. Se ponía su ropa, chiflaba como él y se le fijó la idea de nunca crecer ya que se creería la versión viviente del hermano quien, al morir, conservaría su juventud para siempre. "Cuando yo era un adulto, mi hermano seguía teniendo trece años", escribiría más tarde.

Parece ser, Peter, que sólo se sentía cómodo entre niños. Hizo amistad con muchos niños, entre ellos, una jovencita llamada Margaret a quien llamaba *Friendy*, que luego se redujo a *Fwendy* y luego a *Wendy*, por eso me llamó así. También tuvo una relación que duró toda la vida con los cinco hijos de la pareja formada por Arthur y Sylvia Llewelyn Davies. Pasaba horas con estos pequeños varones –uno de ellos se llamaba Peter–, a los que adoptó una vez que sus padres murieron y quienes fueron los primeros en conocer al inquieto Peter Pan. Barrie no sólo imaginó tu historia mientras jugaba con sus amigos menores, sino que, mientras la escribía, leía para ellos cada página que producía.

A pesar de ser de un carácter de soltero, ¿lo puedes creer, Peter?, ¡se casó!, con la actriz Mary Ansell, en 1894 y, claro, pronto se divorció de ella en 1910. La pareja no tuvo hijos, y se especula que la unión nunca se consumó (dicen que era virgen…), debido a que no era capaz de tratar a una mujer como amante. Muchos dijeron que su fracaso matrimonial también se debió a la influencia de su madre.

Como ves, hijo-novio mío, puesto que así te veo, pues nunca me demostraste ningún otro tipo de interés, eres todo un personaje que, mientras haya niños y niños-grandes, seguirán disfrutando contigo, volando al país de Nunca Jamás.

Tuya para siempre, de todos los siempre en presente, pasado y futuro.

Wendy

P. D. Se me olvidó decirte que así me gustas, sintiéndote el eterno niñote. No cambies, porque de lo contrario, dejaría de desearte y de soñar todas las noches contigo. *I love you…*

La abuela de Tomás

25 de agosto de 2005

De todos los "estados civiles" que le ha tocado representar en la vida, el que más la ha tomado de sorpresa es el de abuela. Cuando era una niña se veía de novia, de esposa, de amante, de divorciada, de "arrejuntada", y hasta varias veces casada. Igualmente se percibía como la tía de sus sobrinos, la cuñada de sus cuñados e, incluso, como una suegra siempre solidaria hacia sus yernos y nueras. Pero ¿verse como abuela? ¿Como *grandmother*? ¿Como *grand-mère*? ¡¡¡Jamás!!! Para ella, tener nietos le parecía una eventualidad tan, pero tan lejana y abstracta que prefería no pensar en ello.

Cuando sus hijos empezaron a casarse, estaba más preocupada por ser esa suegra idealizada años atrás que por saber si pronto sería abuela. La sola palabra le provocaba un extraño malestar. Cuando una de sus amigas le preguntaba: "¿Ya eres abuela?", se le formaba un rictus en la boca y sentía como una mordida en el estómago. "¿Por qué me preguntas eso?", inquiría con una voz aparentemente amable, cuando, en realidad, lo que quería reprocharle era: "¿Qué ya me ves muy vieja, o quéeee?". Claro, porque ser abuela para ella significaba, o bien asemejarse a la Sara García que sale retratada en el paquete del chocolate Abuelita o convertirse en la viejita de las canciones de Cri-Cri: "Toma el llavero, abuelita, y enséñame tu ropero...". O bien, "Di por qué, dime, abuelita... Di por qué no tienes dientes...".

De ahí que con sus hijos casados prefería ni tocar el tema. Le angustiaba que en el momento en que le anunciaran el nacimiento de un nieto o una nieta, en ese preciso instante, su cabello se cubriría de canas, su rostro de arrugas y que su espalda se iría encorvando poco a poco. Es cierto que conocía abuelas muy jóvenes, guapas, delgadas, profesionistas y sumamente activas, pero quién sabe por qué razón pensaba que, en su caso, sufriría una metamorfosis física de absoluta decrepitud. "Yo no quiero ser abuela de nadie. Jamás permitiré que me llamen abuelita. Todo eso me parece de una cursilería sin nombre. Además, qué tal si soy la típica abuela enojona, estricta e intransigente. ¿Y cómo me va a decir? ¿Mamá grande? ¡Ay, no, qué horror! ¿Mamie, como llaman a las abuelitas en Francia? ¡Me parece horrible! ¿Abue? ¡Es cursilísimo! Qué tal si, para cuando crezca, ya no tengo paciencia y no soporto los gritos de niños; qué tal que sus papás me lo dejan muchos días y no sepa qué hacer con él, y qué tal si es feo, mal educado y, por añadidura, se come los mocos; qué tal si no lo sé cuidar y se me cae de las escaleras; qué tal si me rompe mis esferas que con tanto cuidado he ido coleccionando y qué tal que no le gusto como abuela", pensaba con desesperación.

Pero llegó el día en que le anunciaron el nacimiento de su primer nieto. No fue sino hasta el momento en que su hijo le dijo por teléfono: "Mamá, ya nació Tomás", que se percató de lo que ya no tenía vuelta de hoja, de que era ¡¡¡abuela!!! De pronto, sintió que se le hizo un nudo en la garganta: "Muchas felicidades", alcanzó a decir con la voz a punto de quebrársele. Una semana después viajó hasta San Francisco donde se encontraban los flamantes padres. Cuando finalmente tuvo a su nieto entre sus brazos, se le quedó mirando y le dijo: "Mucho gusto, nieto". Era la primera vez que pronunciaba esta palabra con orgullo. A partir de ese día su personalidad dio un vuelco, en lo único que pensaba era en Tomás, en ese nieto de ojos azules, con los mismos rasgos que su padre y con la maravillosa sonrisa de su madre. A partir de ese día, a todo el mundo le contaba: "¿Qué creen? ¡Ya soy abuela! Y fíjense que mi nieto está entre Brad Pitt y Leonardo DiCaprio. Bueno, también le da un aire a Alain Delon y a Robert Redford de joven". Mientras tanto, su nuera le mandaba constantemente fotografías del nieto por internet. Cada vez que llegaban, abría su correo con mucha veneración y se quedaba horas y horas mirándolas, y observando hasta el mínimo detalle. Enseguida, le escribía a Tomás: "La última vez que hablé con tu padre, me contó que eras un gran comedor de las galletas Gerber. Que te comías cinco a la vez y que dejabas millones de migajas por todas partes. ¡Enhorabuena! ¡Te felicito por tener un paladar tan exigente y selecto! En relación con las migajas no te preocupes, Tomás; en ocasiones, esto es muy bueno. Este acto que parece un gesto de desaseo de tu parte, más tarde te puede servir enormemente. Cuando aprendas a caminar, y lo hagas comiendo, naturalmente, tus deliciosas galletas, a la vez que dejas caer las migajitas, éstas te servirán para encontrar el camino de regreso, y así nunca de los nuncas te perderás, mi queridísimo Tomás". No pasaban ni cuarenta y ocho horas cuando ya le estaba escribiendo de nuevo: "Respecto al hecho de que ya te puedas sentar, Tomás, sin ayuda de cojines o de los fuertes brazos de tu papá, para mí fue un suceso de suma importancia. Porque, además de que habla de tu madurez física y mental, quiere decir que te has convertido en un candidato ideal a ocupar La Silla. Sí, Tomás, me refiero a la silla presidencial. Ésa que está en Palacio Nacional y en donde se sienta el presidente de la República. ¿Te imaginas si algún día llegas a ser presidente de cualquiera de los dos países de los que eres ciudadano: ¡México y Estados Unidos!?". Y así, en ese mismo tono amoroso, le ha escrito más de cincuenta cartas.

Ahora Tomás tiene dos años y once meses. Es un niño inteligente, guapo, sensible y, por si fuera poco, cuenta con un llamativo sentido del humor. Hace un mes vino a México a pasar las vacaciones a casa de su abuela y de su abuelastro. En ese lapso, tanto el nieto como su "Abu", como la llama, establecieron una relación de absoluta armonía, ternura, respeto, amistad, complicidad y amor. El domingo pasado, ambos fueron a pasear a la plaza de Río de Janeiro, y mientras se divertían con los chorros de agua de la fuente y el sol brillaba y las campanas de la Sagrada Familia tocaban a lo lejos y las palomas volaban por doquiera, y el globero intentaba vender un globo a un niño y un perro se bañaba en la pileta y el señor de los helados les ofrecía un helado de vainilla y otros niños de la colonia jugaban con una pelota, de pronto, la abuela tuvo la impresión de que vivía momentos mágicos, privilegiados y únicos. Nunca se imaginó que se podía alcanzar tal sensación de paz y alegría mientras se jugaba con un nieto. "Lo que estoy viviendo en estos instantes es como un regalo que me viene de muy lejos. Soy una abuela privilegiada. Me siento gratificada. Tengo ganas de darle las gracias a la vida, a la Providencia y a toda persona que se me pare enfrente…", pensaba la abuela en tanto sostenía los pequeños brazos de Tomás y los dos daban vueltas y vueltas y más vueltas, hasta quedar totalmente mareados. Los dos estaban felices y los dos se reían sin parar.

Al otro día, Tomás se fue a vivir a París con sus papás. Su abuela se quedó muy triste. Para distraerse, esa tarde, quiso ver la televisión, pero no pudo. Tomás tuvo a bien introducir tres moneditas (una de a 5 y dos de 2 pesos) en la ranura del aparato de Sky, lo cual impedía que la tarjeta entrara en su totalidad. Esa misma noche la abuela le escribió: "Queridísimo Tomás: Te felicito por tu gran sentido del ahorro.

Esta misma semana te mando un cochinito para que sigas ahorrando. Muchas gracias por hacerme tan feliz, te quiere, tu Abu".

P. D. Qué tan simpático y adorable te encontrará tu abuelastro que, ante tu travesura, lo único que hizo fue echar una enorme carcajada. Dice que eres el único al que le tiene celos.

A los abuelitos poblanos

21 de febrero de 2006

Queridos abuelitos y abuelitas de todo el estado de Puebla:

Si me dirijo a ustedes en esta ocasión es porque su "nieto", el gobernador Mario Marín, los mencionó el 18 de febrero en un discurso que hizo en Puebla, respecto, según él, "a la vil infamia" que los medios y el centro de la República le han montado en relación con las grabaciones entre él y el "rey de la mezclilla". Fue muy claro cuando dijo: "Esto que me han hecho es una vil infamia, pero no solamente a Mario Marín, sino a los poblanos, es una calumnia vil de intereses ajenos a Puebla... que no provoquen a los campesinos que tanto quiero y por los que tanto trabajo, que no provoquen a los jóvenes y a las mujeres que creen en mí, que no molesten ni provoquen a mis queridos abuelitos y abuelitas y a las personas con discapacidad que tanto necesitan de mí".

Créanme, queridos abuelitos y abuelitas, que lo que menos quiero es provocarlos, ni hacerles mala obra para derramarles la bilis ni mucho menos asustarlos, pero me parece fundamental quitarles la venda

53

de sus ojitos para que sepan quién es realmente ese nieto que ustedes hasta ahora habían considerado como un nieto precioso, sano, bien educado y de buenas costumbres. Pero, desafortunadamente, no es así... Es un muchacho de porra, un muchacho que tiene un vocabulario de cargador de La Merced antigua y un muchacho que se ha rodeado de puras malas compañías, los mismos que seguramente lo echaron a perder. Créanme, abuelitos, que su nieto anda por muy mal camino. Hasta el arzobispo Norberto Ribera Carrera pidió que se investigaran las grabaciones. Ahorita ni su confesor lo podría absolver de los pecados tan horribles que ha cometido que abarcan casi los siete pecados capitales y ofenden a los diez mandamientos. ¿Se dan cuenta, abuelitos, que este muchacho se nos echó a perder por sólo dos botellas de coñac? Y que en una de éstas eran "piratas", porque el que se las ofreció, a cambio de meter a la cárcel a Lydia Cacho, todo él es un fraude, un personaje siniestro que creíamos que jamás se hubiera podido dar dentro de la sociedad poblana, una sociedad tradicionalmente conservadora y de muy buenas costumbres.

Ustedes, que hasta el viernes en la mañana, cuando nuestro periódico publicó la gráfica del resultado del estudio de la voz, creían que podía ser la de un actor de *La parodia*, es decir, que no era la voz del góber precioso, quien decía todas esas groserías, porquerías, majaderías y comentarios misóginos, sino una espléndida imitación, me temo anunciarles que ya se confirmó, una y otra vez, que es la voz de su nietecito. Les confieso que yo nunca lo dudé. Era clarísimo, sin embargo, entiendo que ustedes lo hayan dudado porque tenían otra imagen de ese muchacho que dice que tanto los quiere y que por eso votaron por él.

Hay que decir que desde que se dieron a conocer las grabaciones, el góber empezó a cometer errores. El primero de ellos fue tardar tanto en salir a decir que no era su voz. El segundo, las mentiras y

54

contradicciones del vocero. Y el tercero, sus propias contradicciones al decir que no era su voz, y luego decir que a lo mejor sí y finalmente pedir que se sometiera a un experto. ¿Cómo es posible que un gobernador de un estado tan importante como Puebla ignore las más recientes tecnologías para descubrir precisamente las verdaderas voces? ¿Cómo es posible que se aferrara a negar que era su voz, cuando hasta la muchacha de su casa seguramente lo reconoció? ¿Y cómo es posible que se arriesgara de esa forma tan burda? Ay, abuelitos, ¿qué vamos a hacer con ese muchacho? ¿Verdad que tiene que renunciar? Pero antes tiene que pedirles perdón por haberlos engañado, fallado y traicionado. Ciertamente no fue digno de la confianza que depositaron en él. Viejos y cansados como están, que con tantos esfuerzos fueron a votar ese domingo por ese gobernador que tanto les prometió y les dijo cosas bonitas, ya ven cómo les resultó: un cheque sin fondos, un mentiroso y un prepotente que creía que se iba a salir con la suya. No, abuelitos, ustedes merecen otro gobernador de otro partido, pero que no sea del PRI, porque ésos no han aprendido, todavía siguen con sus mañas y sus transas. ¿Verdad que ya nunca más van a votar por un priista? ¡¡¡Júrenmelo!!! Ya no vuelvan a caer en ese error en el caso de que hubiera otras elecciones, como seguramente se darán muy pronto. Yo sé que votaron por Marín de buena fe, que lo hicieron como buenos ciudadanos confiados en que era lo mejor para su estado. Lástima que les falló de esa manera tan ruin.

Les he de confesar que yo también soy abuelita. Abuela, de unos muchachos llamados Tomás y María. Pero, afortunadamente, ellos todavía no saben lo que es la política. Es más, nunca han oído hablar de política ni del PRI ni mucho menos del góber precioso. No obstante, temo que Tomás, que vive en París, haya podido leer el ejemplar del diario *Le Monde*, que se publicó con fecha sábado-domingo, en donde la corresponsal Joelle Stoltz escribió que lo sucedido en Puebla es "una historia digna de Hollywood". La periodista escribió una crónica muy detallada del caso de su gobernador. ¡Qué vergüenza! ¿Sabían ustedes, abuelitos, que toda la semana pasada la cadena CNN estuvo transmitiendo las grabaciones? De todas las groserías que allí se escuchan, la única palabra que se omitía era "tortillera", porque seguramente se dice igual en todo América Latina. No les quiero decir, abuelitos, cuál es el significado porque sería muy cruel de mi parte, pero sí les puedo decir que es terrible. Lo que más me ha ofendido de todo este caso es la terrible misoginia que dejan ver los dos principales protagonistas. No se olviden que las víctimas de los abusos por parte del protegido de Marín son niñas. Por un momento pensé que el machismo empezaba a ser superado, pero no es así. Creo que cada día está peor. Después de haber escuchado varias veces estas malditas grabaciones, entendí mejor, con todo el dolor de mi corazón, el fenómeno de las Muertas de Juárez. "Ahora me explico todo…, solamente en un país tan machista como México se puede dar un fenómeno tan terrible", me decía tristísima.

Ay, abuelitos, bien se podría decir: "¡Nietos tenemos, gobernadores no conocemos!". Les mando todo mi respeto. A ver qué día me invitan a comer un delicioso mole.

Guadalupe

56

Carta al bisabuelo

21 de marzo de 2006

Querido bisabuelo Juan Antonio:

Ésta es la primera vez que me dirijo a ti y créeme que lo hago con un enorme respeto y orgullo. Te confieso, y no obstante eras abuelo de mi padre, que desconocía cuán cercano eras al presidente Benito Juárez. Es cierto que mi primo, tu bisnieto, el doctor Manuel Cárdenas Loaeza ya me había contado acerca de esta amistad, pero no fue sino hasta hace unos días que tuve acceso a cuatro cartas y cuatro documentos, todos ellos originales y firmados por mano ya sea del gobernador de Oaxaca o del presidente interino constitucional de los Estados Unidos Mexicanos. Cuando mi hermana Enriqueta, guardiana desde hace mucho tiempo de dicha documentación, la puso entre mis manos, de pronto el corazón me dio un vuelco, estaba sosteniendo el mismo papel en el que don Benito Juárez te había escrito con tanta cordialidad. No lo podía creer. Lo mismo le sucedió a Enrique, mi marido, cuando se la mostré. Después de que leyó con absoluta reverencia cada una de las misivas, me dijo emocionado: "Ahora quiero más a la bisnieta del amigo de Juárez que antes". Ya te imaginarás lo orgullosa que me sentí. Pero vayamos al grano, antes de comentarte el contenido de las epístolas, hagamos lo propio con los "despachos". El primero data del 12 de agosto (día de mi cumpleaños) de 1857, firmado por Juárez cuando era el gobernador constitucional y comandante general del estado de Oaxaca. En él te nombra segundo escribiente de la Tesorería general del estado con "la dotación de treinta pesos mensuales que le designa la ley citada". Dos años después, en 1859, "en atención a la aptitud, sanas ideas y buenos antecedentes del joven estudiante de medicina", te nombra ayudante segundo del Cuerpo Médico Militar con un sueldo de 45 pesos. Este nombramiento, además de Juárez, lo firma Melchor Ocampo. El tercer documento tiene fecha de diciembre de 1861, un mes antes de que las escuadras inglesa y francesa llegaran a Veracruz. En este reconocimiento por haber combatido los años 58, 59 y 60, Juárez te hace comandante de Batallón por tu "acendrado patriotismo y abnegación del ciudadano que tuvo la gloria de salvar a su patria en que por cuarenta años la tuvieran las clases que se han creído privilegiadas en la República". Ay, bisabuelo, si supieras cómo la tienen ahora las mismas clases… En el cuarto documento, firmado por Juárez cuando ya era presidente interino constitucional, te hace ayudante del Cuerpo Médico Militar con un sueldo de 66 pesos y 90 centavos.

Pero, sin duda, lo que más me impresionó de toda la documentación que me entregó mi hermana, fueron las cartas. Es curioso que las cuatro estén fechadas en 1867, es decir, el mismo año del fusilamiento de Maximiliano. Escritas en una caligrafía preciosa y con tinta color sepia. Todas empiezan diciendo "Mi estimado amigo". En la que está fechada el 29 de mayo, se refiere a la petición que le haces de unos amigos Robinson y Hall. Para esas fechas, Maximiliano, Miramón y Mejía ya habían sido trasladados al exconvento de Capuchinas.

Incomunicados como estaban, no tenían ni idea de que ya se estaba organizando e instalando el Consejo de Guerra. Tampoco sabían que la princesa Salm Salm, esposa de un militar que vino a México con Maximiliano, estaba haciendo todo lo posible para que el emperador pudiera huir. Dime, bisabuelo, ¿llegaste a conocer a esta neoyorquina guapísima? Ha de haber sido una mujer muy valiente. Incluso fue a ver a Benito Juárez para suplicarle que no fusilaran a Maximiliano. Pero el presidente le dijo que no le podía conceder su petición, pero que no se preocupara por su marido, que él no iba a ser fusilado. La princesa se arrodilló ante sus pies, suplicándole por la vida de un hombre que podía hacer mucho bien en otro país. Y fue cuando el presidente Juárez le dijo: "Me causa verdadero dolor, señora, el verla así de rodillas; mas aunque todos los reyes y todas las reinas estuvieran en vuestro lugar, no podría perdonarle la vida. No soy yo quien se la quita: es el pueblo y la ley que piden su muerte; si yo no hiciese la voluntad del pueblo, entonces éste le quitaría la vida a él, y aun pediría la mía también". Ay, bisabuelo, qué temple y visión tuvo siempre el presidente Juárez. Por eso hoy, que se cumplen doscientos años de su nacimiento se le harán tantos honores. Pero volvamos a las cartas. A las suyas dirigidas a ti. Tres días antes de que ejecutaran a Maximiliano, Juárez te escribe una carta para felicitarte por tu matrimonio con mi bisabuela, Emilia Vargas, "a la que en efecto conozco porque fui presentado a ella en el baile, con el que se me obsequió cuando estuve en Durango. Doy a usted las gracias, lo mismo que a su señora, por la fina atención que han tenido en participarme su matrimonio, en el que les deseo todo género de felicidades. Ya le escribí a mi familia [que estaba en Nueva York] para participarles de este suceso...".

¿Cómo es posible que en esos momentos de tanta tensión y preocupación por parte del presidente Juárez, todavía tuviera cabeza para escribir una carta de felicitación a su amigo? Qué orgulloso se ha de haber sentido el joven matrimonio Loaeza cuando recibió esta carta. ¿Qué te decía mi bisabuela? ¿También ella era muy juarista? ¿Qué comentaban respecto al inminente fusilamiento de Maximiliano? ¿Qué decía la bisabuela de Carlota? ¿Acaso hablaban de las infidelidades de Maximiliano?

En la carta de noviembre 19 del mismo año, Juárez te dice que ya se dictaron las medidas convenientes para atajar los escándalos de ese estado (Durango) y suponía que para esa fecha estarían en esa ciudad las fuerzas de infantería y caballería que debieron de haber salido de Zacatecas desde hacía algún tiempo "y espero que el buen sentido de la población apoyará las determinaciones del gobierno". En la última que tengo en mi poder (porque sé que mi hermana tiene varias más) acusa recibo de tu carta del 10 diciembre y te comenta que tendrá presentes tus indicaciones, "por acá todo marcha bien", escribe antes de despedirse. ¿Cuáles habrán sido tus indicaciones? Ay, bisabuelo, ¿a poco le dabas indicaciones al presidente de la República? ¡¡¡Y qué presidente!!!

Qué orgullosa estoy de la familia Loaeza, porque también tus hermanos, Domingo y Francisco, participaron en la Batalla de Puebla. Ellos también son héroes como tú. ¿Te das cuenta de que si no se hubieran casado tú y mi bisabuela, yo no estaría en estos momentos escribiéndote esta carta? Hubiera sido una lástima…

Me despido de ti con el corazón henchido de orgullo y te agradezco todo lo que hiciste por la patria. ¡Viva Juárez! ¡Viva el doctor Juan Antonio Loaeza! ¡Viva mi bisabuela! ¡Viva México! Te prometo que mostraré estas cartas a tus dos choznos Tomás y María.

Tu bisnieta, Guadalupe

Las abuelas

10 de mayo de 2007

Hoy, día de las madres, quiero hablar de las abuelas, del privilegio que significa ser mamá grande, como solía llamar a la mía. En rigor estricto este texto se debería de llamar "El arte de ser abuela", parafraseando el libro de Victor Hugo, titulado *El arte de ser abuelo.* Y vaya que es todo un arte, el cual requiere compromiso, responsabilidad, pero sobre todo, de una actitud amorosa y tierna. En lo que a mí se refiere, nada me ha sido más fácil que el haberme convertido en abuela. Me encanta ser, sentirme y actuar como abuela. Nunca imaginé que tenía en mí tanta disposición para ser abuela las veinticuatro horas del día, de ahí que piense que es el mejor rol que me ha permitido la vida ejercer.

Me pregunto si las y los nietos llegan a sentirse igualmente gratificados por el hecho de ser nieta o nieto. Tal vez, ellas y ellos lo vivan con mucha naturalidad. Basta con llegar a este mundo para cerciorarse de si tienen o no abuela. Qué tan importante ha de ser tener una abuela que hasta existe la expresión muy mexicana que dice: "No tienes abuela…", por decir, "Ya ni la amuelas…". Por otro lado, no es bueno

61

ser una abuela molona, una abuela que hostiga, una abuela metiche, una abuela demasiado besucona, una abuela imprudente, una regañona y una abuela... que no tiene abuela...

Hoy por hoy, las abuelas "posmodernas" son increíblemente participativas, divertidas, generosas y hasta chistosas. ¿Por qué? Porque disfrutan ser abuelas; disfrutan a sus nietos y porque no hay nada que disfruten más que jugar con ellos, platicarles, consentirlos, llevarlos al cine, ir por ellos al colegio, llevarlos a comer a McDonald's, llamarles constantemente por teléfono desde su celular y celebrarles todas las fiestas del año. La verdad es que tener una abuela con tan buena voluntad resulta, para los nietos, tanto en lo emocional como en lo intelectual, muy enriquecedor. Porque así como aprendemos de los nietos, ellas y ellos también aprenden mucho de la abuela, sobre todo si ésta es imaginativa, creativa, si le gusta leer y, por añadidura, tiene sentido del humor. Por lo general, estas abuelas "buena onda" nunca regañan, al contrario, son pacientes, comprensivas, pero si en algún momento dado sienten que tienen que corregirlos, lo hacen con tanto cuidado y respeto que sus nietos ni sienten que están siendo corregidos. Siempre traen muchas fotos de ellos, enmicadas para que no se maltraten, en su bolsa y las presumen a todo el mundo. "¿Verdad que están diviiiiiiiiiinos?", preguntan con una satisfacción e intensidad verdaderamente indescriptibles.

Existen muchas categorías de abuelas; hay unas que resultan insoportables, éstas son las que quieren imponerse absolutamente y son muy susceptibles. No saben manejar el menor rechazo ya sea por parte de la nieta o del nieto. Si, por ejemplo, alguno de ellos se rehúsa a saludarla de beso, ya sea porque está viendo la tele o hablando por teléfono, entonces hacen unos dramas pavorosos y juran y perjuran que es por culpa de la nuera o del yerno. "Seguro, le hablan mal de mí y constantemente me critican frente a ellos", piensan con un nudo en la garganta. Las que son igualmente insufribles son aquellas que se pasan todo el tiempo tratándolos de educar: "¿Ya te lavaste las manos?". "¿Cada cuándo te lavas los dientes?" "Ay, niña, ¿por qué siempre usas pantalones?" "¿Por qué manejas tan mal los cubiertos?" "¿Por qué su mamá no les da de comer más verduras?" "No mastiques con la boca abierta." "No, esta vez no les traje regalos porque no los quiero mal acostumbrar", etcétera, etcétera.

Decíamos que había muchos tipos de abuelas. ¿Por qué no tratar de describirlas, de imaginarlas y, a la vez, de rendirles un pequeño homenaje el día de hoy?

Abuela conservadora. Esta abuela se escandaliza por todo lo que hacen sus nietos adolescentes; se escandaliza por la hora en que regresan de las fiestas, se escandaliza por su vocabulario, por la forma en que se visten, por lo que platican entre ellos y por cómo se relacionan con sus padres. Si alguno de ellos comenta en la mesa, con toda naturalidad, que tiene un amigo gay, esta abuela se escandaliza y en un tono muy solemne dice cosas como: "Yo creo que es el peor castigo que pueda mandar Dios a unos padres. Yo jamás hubiera permitido que tu papá tuviera un amiguito con esa desviación...". Ésta es la típica abuela que pasa a buscar a sus nietos todos los domingos para ir a misa: "Pon atención a lo que dice el padre", les sugiere una y otra vez. Es evidente que este tipo de abuela no puede estar tan cercana a sus nietos; sus prejuicios y su conservadurismo no harán más que alejarlos.

Abuela cursi. Por lo general esta categoría siempre se dirige a sus nietos en diminutivo. A pesar de que algunos de ellos ya son adolescentes, los sigue tratando como si fueran niños. Todo el día les canta las canciones de Cri-Cri, o les propone jugar a las "sillas musicales" o a las damas chinas. No obstante las nietas se visten en Zara y ya tienen novio, esta abuela continúa comprándoles vestidos de tira bordada. Siempre que va a verlos, lleva su cámara fotográfica y quiere tomarse fotos con ellos abrazándolos, o en medio de todos sus peluches. Las que son divorciadas, tienen novio y, por añadidura, se sienten jovencísimas, les preguntan a sus nietas en tono de complicidad cosas como: "¿Quieres que tu abuelita te platique de su nuevo galán?". "¿No me quedan muy apretados estos pantalones que me compré en Frattina?" "¿Verdad que tienes una abuela que se ve más joven que tu mami?" "A ver, ¿cuántos años crees que tengo?" Las viudas preguntan: "¿Por qué no me presentas al abuelo de una de tus amiguitas que esté viudo?". Estas abuelitas, por lo general, dan pena ajena y entre más quieren ser amiguitas de sus nietas, más patéticas se ven...

Abuela amargada. No hay nada más triste que una abuela amargada. Una abuela que todo el día se esté quejando del abuelo; que si está enfermo de la próstata, que si no le alcanza con su pensión, que si fue un hombre fracasado... Una abuela que se pasa el tiempo comparando a los nietos entre sí, poniéndolos unos contra los otros. Una abuela racista que hace comentarios desagradables respecto a la tez morena de su nieta: "Mira, chula, tú no saliste a nuestra familia; más bien saliste a la familia de tu papá". Una abuela que cuando cuida a sus nietos se dedica a ver la televisión o a hablar horas por teléfono; una abuela que critica a la otra abuela; una abuela competitiva que está siempre en competencia con la otra abuela; una abuela que fuma constantemente haciendo que sus nietos aspiren el humo; una abuela que no se arregla y que cuando llegan a visitarla todavía se encuentra en bata. Una abuela a la que sus nietos no le dan la más mínima ilusión.

Pobrecitas de estas abuelas tan "mala onda", porque no saben de lo que se pierden pudiendo ser buenas abuelas. No obstante, también a ellas les deseo el día de hoy, ¡muchas felicidades!

Bienvenida a la nieta

12 de mayo de 2008

Hace dos años la abuela escribió esta bienvenida a su nieta:

¡Ha nacido una niña! ¡Sí, hace apenas unas horas nació! Dice su papá, quien por cierto soñé que me llamaba desde París ayer a las cinco de la mañana, que pesó más de 3 kilos. "¿Cuáaaaaaanto?", exclamé entre sueños. A pesar de que me repitió el peso a gritos, yo seguía dormida. Soñaba que una voz muy varonil me anunciaba el nacimiento de mi primera nieta. Estaba tan feliz con mi sueño. Me parecía tan real que por eso no me quería despertar. Por absurdo que parezca, pensaba incluso que ya estaba despierta y que, por ello, escuchaba con tanta claridad la voz de su padre: "Ya llegó. Ya está aquí. Está preciosa, muy semejante a su hermano. Su mamá está muy bien. Bueno, ya te dejo dormir", me dijo antes de colgar. "Soñé que ya había nacido", le comenté a Enrique dándome la media vuelta. "Van varias veces que sueñas con lo mismo... ¿Quién llamó?", me preguntó con voz de dormido. "¿A poco puedes escuchar mis sueños?", le pregunté incrédula. "Claro que no. Pero ¿quién llamó ahorita por teléfono?" "No sé. Estaba profundamente dormida. A lo mejor soñaste que alguien llamó", le repuse. No obtuve ninguna respuesta. Un minuto después ambos dormíamos plácidamente.

Al cabo de dos horas, el despertador sonó como de costumbre a las 7:00 a.m. Al escuchar el primer timbre, no sé por qué, levanté la bocina del teléfono. "¿Bueno?", pregunté. Del otro lado del auricular no había más que el eco de muchos silencios. "¿Quién era?", inquirió Enrique. "No, nadie. Han de ser mis nervios. Lo que sucede es que sigo preocupada, porque, como sabes, ya debería de haber nacido mi nieta. Hace dos semanas que la estamos esperando y nada de nada. Por eso sueño que un señor me anuncia su nacimiento. Fíjate, esta noche clarito soñé que su papá me llamaba por teléfono para decirme que ya había nacido. Oye, Enrique, ¿por qué será tan tardada esta niña que ya debería haber llegado al mundo? ¿En qué estará tan ocupada que no aparece por ninguna parte? Tú que eres médico, dime qué tantas cosas estará haciendo todavía en el vientre de su madre si ya se cumplió su término. Claro que ahorita en París está haciendo mucho frío. El otro día leí en el periódico que estaba nevando, *mais quand même*, como dicen los franceses. ¿No crees que esta tardanza tan prolongada, de alguna manera, tenga que ver con el perfilito de su personalidad? ¿Te imaginas cómo hará esperar a sus pretendientes y enamorados? A lo mejor todo lo que le suceda en su vida le llegará tarde. En otras palabras, todo se lo tomará con mucha calma. Con tal de que no herede la impuntualidad de su abuela…". Enrique me escuchaba mientras se rasuraba. Parecía lejano. Era evidente que mis preocupaciones lo tenían sin cuidado. Qué extraño le ha de resultar estar casado con una abuela cuyos nietos no tienen nada que ver con él. ¿Cuál será realmente su relación respecto a mis nietos? ¿Abuelastro? ¿Abuelo postizo? ¿Abuelo virtual? ¿Abuelo de mentis? Quién sabe. Lo que me queda clarísimo es que a él todavía le falta mucho tiempo para experimentar esa sensación que significa ser abuelo y que es tan única e inexplicable.

¿Será lo mismo ser abuela de un nieto que de una nieta? Confieso que mi relación con mi primer nieto es bastante privilegiada. Sin hipérbole, podría asegurar que la química que se ha dado entre los dos es casi, casi milagrosa. Pero ¿cómo será con mi nieta? Por lo menos ya tenemos una cosa en común, ninguna de las dos somos muy puntuales que digamos.

No recuerdo quién me dijo un día que todas las mujeres mexicanas se llamaban naturalmente María y los varones, José. Han de ser cosas de las monjas. María… qué bonito nombre. ¿Cuántas Marías conozco? Bueno, aún no conozco ni a la Virgen María ni a María Magdalena, pero fueron de las primeras que tuve conciencia en mi vida. Enseguida vendrían: María Félix, María Victoria, María Conesa, María Estuardo, María Curie y *Simplemente María*. El libro predilecto de mi mamá se titula *María* de Jorge Isaacs. Sin duda, María es un nombre muy mexicano. Pienso que la virtud de este nombre tan universal es que se oye bonito en todos los idiomas; no obstante, la bisabuela francesa de mi nieta dice que María, en español dicho a la francesa, es un nombre de *concierge*. ¡Que vivan todas las porteras que se llaman María!

Ilusionada como estoy con mi nieta, ya le tengo varios regalos: un libro de *Las niñas bien* de la primera edición, una sillita de palma, un diminuto rebozo de ala de paloma, unos estambres de lana de todos los colores, un par de peinetas de carey y una falda pequeñita de china poblana bordada con muchas lentejuelas. Además, le tengo la copia de la canción que escribiera Agustín Lara titulada "María bonita". ¡Qué terrible ha de ser tener una abuela tan sexista y, por si fuera poco, nostálgica! Temo, sin embargo, que serán sus gustos, y no los míos, los que se impondrán. Los voy a respetar. Estoy abierta a que me reeduquen mis nietos. Estoy abierta a aprender de ellos y estoy abierta a adaptarme a sus tiempos. No obstante, también yo tengo muchas cosas que enseñarles y que platicarles. Por ejemplo, nada me gustará más que platicarles acerca de sus bisabuelos. Comenzaré por contarles cómo se conocieron, cómo se enamoraron, cómo se casaron y cómo tuvieron tantos hijos y nietos. También les platicaré cómo era la Ciudad de México mucho tiempo antes de que nacieran, cómo eran las playas de Acapulco y cómo se veían desde la ventana de mi casa los volcanes. También me gustaría llevarlos a Estipac, Jalisco, donde nacieron mis abuelos y a lo que queda de la Santa María la Ribera donde vivía de joven mi papá. También los voy a llevar a los dulces Celaya, al museo de cera de la Villa, a comer tacos a la Casa del Pavo y tamales a la Flor de Lis. Con ellos pienso rentar todas las películas de los hermanos Soler, de las rumberas, de Chachita y de Jorge Negrete. ¡Cuánta nostalgia! Una nostalgia inevitable, al ser testigo de tantos y tantos cambios, que no nos hacen más que añorar cada vez más el pasado.

Cuando finalmente bajé a desayunar, y una vez que me despedí de Enrique, lo primero que hice fue abrir mi correo electrónico. Sí, allí estaba la noticia que tanto esperaba:

"Mamá: nació a las 4:18 a.m. (hace un poco más de una hora), pesó 3.2 y sacó 10... Ella y su mamá están muy bien. Un beso."

Esta vez no se trataba de un sueño. Por eso permítanme pues, queridísimos lectores, participarles de todo corazón el nacimiento de ¡¡¡mi nieta!!!

La visita de un marciano

12 de mayo de 2008

Queridos nietos:

No sé qué diablos le pasa a mi computadora, pero el caso es que hoy amaneció con muchos signos sumamente extraños. Me pregunto si por la noche vino un niño del planeta Marte y tomó mi computadora para hacerme una travesura. Por cierto, ¿se han preguntado alguna vez cómo serán los niños de Marte? Habría que investigar primero si efectivamente hay vida en ese lugar. Para que lo visualicen mejor, permítanme enviarles una foto de este viejo, viejo planeta, el cual, por cierto, dicen las lenguas científicas que es rojo.

Han de saber "chiquillos y chiquillas", como llamaba un señor bigotón cuyo nombre no quiero recordar, a los niños, que Marte es el cuarto planeta del Sistema Solar. Como se habrán dado cuenta por la imagen, es muy parecido a la Tierra. Más que vida, hasta ahora lo único que han encontrado en ese planeta tan misterioso es agua. Ignoro si es agua purificada, como la que su madre procura darles siempre; igualmente desconozco si viene por garrafones como los que vendía el agua Electropura cuando era niña, la cual con la edad cambié, esnob como soy, por agua Evian. El caso es que este líquido está a una temperatura muy marciana, en otras palabras, ¡súper fría! Estoy segura de que hasta con ella se podrían hacer unos deliciosos "raspados" como los que solían vender en el quiosco de Santa María la Ribera, donde por cierto se conocieron sus bisabuelos, don Enrique y doña Lola. Pero entonces, si hay agua en Marte, ¿habrá vida? He allí la pregunta que todo el mundo se sigue haciendo, menos los niños de Marte, claro, porque ellos han de estar felices de la vida nadando en unas piscinas gigantescas o bien comiéndose unos "raspados" de grosella (que eran los mejores), porque de lo que sí hay certeza es que en el pasado existió muchísima agua en Marte.

La NASA, cuyas siglas significan Administración Nacional de la Aeronáutica y del Espacio y que está en Estados Unidos, es la agencia gubernamental que se encarga de los programas espaciales. Pues bien, justo el día de mi cumpleaños, el 12 de agosto pero del 2005, lanzó una sonda, que es así como un cable gigantesco el cual llegó a Marte hasta un año después. Esta sonda que se llamaba *Mars Reconnaissance* fue lanzada nada más para buscar si había agua o no. La sonda llegó a Marte el 10 de marzo de 2006. ¿Se imaginan lo lejos que ha de estar este planeta que el cablezote tuvo que viajar casi 365 días para llegar hasta su destino?

Hablando de planetas, ¿se acuerdan, mis queridos nietos, del planeta donde vivía el Principito, el cual era tan chiquito como una casa? Ése no era Marte ni Júpiter, ni mucho menos Venus; era tan pero tan pequeño que más bien se trataba de un asteroide. Si mal no recuerdo, el suyo era el B-612, el cual nada más se ha visto una sola vez en el año de 1909, desde un telescopio largo, largo. Parece ser que el astrónomo era turco. Cada vez que se descubre uno de estos planetas pequeñitos, se les da por nombre, un número. Por ejemplo, a mí me hubiera gustado haber nacido en el asteroide 7777, porque han de saber, peque-ñuelos, que el 7 es un número de buena suerte. Oigan, ¿y si fue el Prin-cipito que bajó a la tierra, se dirigió a la colonia Roma, llegó hasta la Plaza Río de Janeiro, se metió a mi departamento, luego buscó la com-pu, se metió a internet para buscar a su rosa, de la que es responsable, y como todavía no sabe manejar la computadora, tuvo a bien dejar-me estos signos tan raros? ¿Cómo saberlo? El único que podría disipar nuestra duda es el creador de *El Principito*, Antoine de Saint-Exupéry. Esta noche me voy a meter a la ouija (luego les explico de qué se trata esta "ciencia" que te comunica con los muertos) para ponerme en co-municación con él y preguntarle.

Bueno, niños bonitos, niños en tecnicolor, niños como de cuento ruso, niños inteligentes y niños adorables, antes de despedirme quie-ro hacerles una recomendación. Gracias a Claudine, me enteré que en el Museo de Electricidad, en Chapultepec, en su explanada, tienen la mejor colección de tamaño natural de dinosaurios. Son enormes, tie-nen movimiento y hasta hay algunos que lanzan agua, abren sus alas y mueven los ojos. Parece que está fantástica. Ya estando allí no dejen de visitar la casita de ahorro de energía, en donde, parece ser, los ob-jetos hablan. Díganles a sus papás que los lleven cuanto antes.

Los quiere desde que existía el planeta Marte,

Su abuela, Mamalú

Una foca bebé

27 de mayo de 2008

Queridos nietos:

Hoy por la mañana recibí una carta de una foca bebé desde el Atlántico Norte. Sí, apenas tiene entre tres y cuatro semanas de edad. Me dice que está desesperada porque teme que la maten (es una foquita hembra, adorable. Me mandó una foto, por eso pude ver sus ojos llenos de ternura y de tristeza). Fíjense, niños bonitos, que cada año el gobierno de Canadá autoriza la mayor cacería de focas en la historia, la cual está a punto de terminar. Cada mes de mayo es lo mismo: matan a un total de 350 mil focas bebés, animales que como saben son mamíferos, es decir, se alimentan de la leche de la mamá. ¿Que cómo las matan? ¡A golpes, niños! Unos señores vestidos como si fueran a ir a esquiar tienen un "bat" llamado "hakapik", del cual está sujeto un gancho como los que tienen en sus clósets. También las matan con un garrote enorme. Lo peor de todo es que no se pueden defender, porque no saben nadar (por favor, no falten a sus clases de natación, es fundamental que sepan nadar). El caso es que la foquita que me mandó la carta y que se llama Lulú está escondida detrás de un témpano gigante. "Ayúdame, por favor, porque si me encuentran me matan", me escribió con una letra temblorosa. Me pregunto, nietos de todos colores, ¿cómo podremos salvar a Lulú? He pensado escribirle una carta al primer ministro de Canadá para que la auxilien. Pero ¿saben qué? No hace caso. Le escriben millones de cartas de protesta de todas partes del mundo y sigue sin interesarse por la matanza de las bebés focas y sus mamás, a las que también matan a garrotazos. Según su gobierno asegura que hay una sobrepoblación de focas, una plaga, es decir, que hay demasiadas y que, más que beneficios, provocan problemas… Pero ¿por qué asesinan también a las mamás focas? Porque son muy buenas madres y como quieren proteger a sus bebés pues acaban con ellas para dejarlos desprotegidos. En la carta de Lulú, me cuenta cómo desollaron (así se dice cuando se les quita la piel a los animales) a sus tías, a sus primas hermanas y hasta a su abuelita que estaba a punto de cumplir años. ¿Se acuerdan cómo sufren ustedes cuando, después de exponerse mucho al sol, su piel se despelleja poco a poquito? Así despellejaron a la mamá de Lulú frente a sus ojos, por eso en la foto se le ven los ojos tan tristes. ¿No les parece horrible? ¿No creen que podrían dormirlas para evitarles el sufrimiento?

Bueno, pero seguramente se estarán preguntando, ¿por qué matan a las focas bebés y a sus madres? Por algo muy sencillo: por su piel. Tienen una piel tan bonita que con ella hacen muchas cosas, especialmente abrigos para señoras muy ricas. Lo más cruel es que les quitan la piel cuando todavía están vivas. En su carta, Lulú me escribió que por cada foca mamá o foca bebé, les pagan a los cazadores 20 centavos (en Canadá el dólar está más alto que el de Estados Unidos y la conversión ha de ser algo como dos pesos). Habría que multiplicar esa cantidad por 350 mil focas y foquitas. Por cierto, niños cachetones, ¿saben ustedes multiplicar? ¿Quéeeeeeeeeeeee? ¿Noooooooooooo?

74

Han de saber que en la vida es importantísimo multiplicar, incluso más que sumar. Díganles a sus papás que les hagan la operación y ya verán cuánto dinero es. En otras palabras, la matanza de focas y foquitas es todo un negocio y como *time is money* (así se dice en inglés, "el tiempo es dinero"), los cazadores las matan rápido, rápido para cobrar más dinero. En total matan noventa focas con sus bebés por minuto.

A mí la que me preocupa en estos momentos es Lulú. Con los cambios climáticos que se están dando últimamente en el planeta Tierra, temo que su montaña de hielo, detrás de la cual se escondió, se derrita y que un cazador que todavía se encuentre por allí, la mate. Pobrecita de Lulú, huérfana, hambrienta y totalmente desprotegida, ¿qué podrá hacer? Si no tuviera tantas deudas (como todos y todas las mexicanas, también su abuela tiene deudas), se los juro que compraría un boleto de avión para ir hasta Canadá. Y –¡claro!– los invitaría a ustedes para ir todos juntos a buscarla. Se me ocurre que hasta podrían adoptarla. Se imaginan, jugando con Lulú en la piscinita que tienen de plástico, también la podrían meter en la tina con el jabón de burbujitas que le echa su mamá al agua cuando los baña y con la espuma podrían hacerle un sombrero de esquimal. ¡Qué bonita se vería Lulú!

Por último, les quiero decir, nietos demasiado consentidos por una abuela excéntrica, que hay una artista francesa que se llama Brigitte Bardot (pregúntenles a sus abuelos quién era esta belleza que puso de cabeza al mundo en los años cincuenta) que hace treinta años está en la lucha en defensa de las focas (a los machos, ¿los llamarán "focos"?). También apoya esta campaña, además de sesenta ONG, uno de los Beatles, Paul McCartney y muchos escritores y pintores mexicanos.

¿Por qué no le escriben una cartita de solidaridad o le hacen un dibujo a Lulú para que yo se lo pueda mandar? Estoy segura de que le daría mucho gusto. Por lo pronto, voy a hablar con el ecologista más importante de México, Homero Aridjis, para preguntarle cómo podemos salvar a las miles y miles de Lulús cuyas vidas, cada año, están en peligro por la matanza de las focas en Canadá. Les manda muchos besos de "mariposa", es decir, con ayuda de las pocas pestañas que me quedan...

Su abuela

La araña doña Cuca

2 de junio de 2008

Mis queridísimos nietos:

¿Qué creen que me encontré hoy por la mañana, detrás de la silla de la recámara? ¡¡¡Una araña!!! Sí, una arañota, como las que les gustan a ustedes. Me quería morir… por más que llamé a la muchacha: "Cristi, Cristiiiiiiiiiiiii!!!", no venía en mi auxilio. Había bajado a tirar la basura. Mientras tanto yo seguía frente a ese bicho horrible con sus patotas espantosas… De las dos, les confieso que ella era la más asustada por mis gritos y mi cara de absoluta repulsión. "No se asuste", dijo de pronto el bicho. No lo podía creer, ¿¿¿una araña que hablaba…??? Por un momento pensé que era la voz de Cristina que trataba de calmarme, pero en la habitación no había nadie más que la arañota y su abuela. Estaba a punto de matarla con una de mis pantuflas, cuando de pronto gritó: "Ay, noooo… Por favor, si no le voy a hacer nada… Tranquila… Si me mata, su nieto mayor no le va a volver a dirigir la palabra. Él es amigo de todas las arañas. Además, ya me iba… Lo que pasa es que vine a ver a mi mamá que está atrapada en su propia tela. Sus hebras están tan fuertes que parecen barras de acero… Es que sus *hiladoras,* es decir, los seis tubitos que están situados debajo de nuestro cuerpecito, se han desarrollado más de la cuenta…, porque, aquí entre nos, es una araña de la tercera edad…". A partir del momento en que mencionó a Tomás y me "ustedeó" –me habló de usted–, mi actitud cambió por completo. Sabía que me estaba dirigiendo a una araña de buena familia. "Primero explícame, querida arañita, dónde se encuentra la pobrecita de tu mami, porque en mi casa no hay telarañas… Cristi tiene un plumero gigante con muchas plumitas de colores y siempre limpia muy bien los techos y las paredes…", le dije con mucho orgullo, en tanto me sujetaba mejor mi bata de piqué blanco. "Ay, qué pena señora… pero mi madre tuvo a bien tejer su enorme tela a un ladito de su clóset donde guarda la colección de sus mascadas Hermès…" Al escuchar lo anterior, casi me desmayo. Pero por ustedes, mis queridos nietos, me aguanté y de inmediato me dirigí hacia donde se encontraba la mamá araña. En efecto, allí estaba atrapadísima en su propia tela muy cerca de las torrecitas de mis mascadas de seda… "Mi querida señora, no se enoje… Antes que nada, permítame presentarme, soy la araña doña Cuca y le pido disculpas por haberme colocado en medio de chalinas tan delicadas. Es que mis hilos son también finos, que hasta parece que vienen de Lyon, Francia, en donde fabrican sus mascadas." No había duda, doña Cuca se trataba de una araña viajada y muy educada. Además, su tela tenía la forma de una estrella gigante, brillaba y era sumamente delicada. "Ay, doña Cuca, ¿cómo le hizo para fabricar esa tela tan bonita?", le pregunté maravillada. "Déjeme y le cuento. No crea que la seda sale de mis tubitos formando una sola hebra, sino que atraviesa por los mil agujeros de que consta cada tamiz que está debajo de mis *hiladoras,* subdividiéndose en otros tantos hilos. Los mil hilillos que pasan por un tubo se reúnen en una sola hebra; y como los tubos, según le he dicho, son por lo regular en número de seis, las seis hebras formadas de este modo se combinan a su vez, constituyendo la hebra con la que tejí mi tela. Pero yo abusé, y tejí mi telaraña con más de siete mil hilos de seda, entrelazados de tal manera que ahora no puedo salir. La tejí con sus agujeritos demasiados pequeños, por eso mandé a mi hija a buscar ayuda." Tenía razón doña Cuca, estaba dispuesta su tela de una forma tan perfecta desde el centro que no se podía pasar ni siquiera la punta de un alfiler por los agujeritos. ¿Cómo ayudarla? Para colmo, como saben, mis queridos nietos sabelotodo, la tela de las arañas está formada por una especie de goma, pegajosísima. Es como si ustedes hicieran una telaraña con su pegamento o con un chicle bomba como los que les gustan. Finalmente tuve una idea. Fui al baño, busqué las tijeritas con las que se corta los bigotes su abuelastro y, con todo cuidado, fui recortando la telaraña de doña Cuca hasta liberarla totalmente. Enseguida la tomé entre mis manos (les juro que todo lo hice por ustedes), fui en busca de su hijita y a las dos las coloqué en la maceta de la orquídea que nos regaló su tía Lolita.

"Gracias por ayudar a esta pobre araña viuda. No hace mucho me comí a mi marido y aunque estaba muy rico, ahora lo extraño", me dijo, antes de ocultarse entre dos pétalos blancos. Sí, queridos nietos, me apena mucho decirles que hay arañas hembras que se llaman *Epeira diademata* que se devoran al marido antes de que haya acabado de cortejar a la novia. Pero este tema ameritaría otra carta. Por lo pronto les digo que nunca imaginé que las arañas podían ser tan educadas como doña Cuca, aunque se haya comido a su esposo.

Pobre de la arañita que se quedó huérfana. La próxima vez que me la encuentre por algún rinconcito de mi recámara, se las voy a llevar como regalo para que la adopten.

Muchos besos formados con millones de hilos de seda,

Mamalú

Bienvenida a Andrés

Plaza Río de Janeiro, 8 de julio de 2008

Hoy, hace exactamente ocho días, nació mi tercer nieto. Cuando me lo presentaron, me ruboricé. Sí, por increíble que parezca, me dio pena, de allí que lo saludara en voz muy baja: "Mucho gusto. Soy tu abuela", le dije con respeto, pero también con cierto pudor. Lo primero que me llamó la atención fue lo bien peinado que se encontraba. La raya de su pelo dorado como el trigo era perfecta, lo cual le daba un aire muy varonil. Curiosamente, hace treinta y tres años, su padre también había llegado al mundo así de peinadito. Sería mucho exagerar si afirmo que todo él me pareció hecho a la perfección, hecho por manos de artistas, es decir, creado por unos padres perfeccionistas en el amor. De ahí que físicamente no le encontrara ni un solo defecto, al contrario, es dueño de una frente despejada, su tez es como de porcelana, sus facciones son finas y elegantes y tiene una boca que, de alguna manera, me evocó a la de Louis Jourdan, un viejo actor francés, guapo como él solo. Observé sus orejas y me felicité que las tuviera tan pegaditas a una cabeza de forma tan distinguida. Pero de todo, todo, me maravillaron sus manos. "¡Qué dedos tan largos y bien hechecitos", exclamé.

"Además de que seguramente será un gran violinista o pianista, este niño está guapísimo. No hay duda de que te salen muy bien. Antes de romper el molde deberías hacer muchos más", le propuse irresponsablemente a mi nuera quien lucía aparte de bonita, feliz de la vida, recostada en una cama en la que le daba una luz muy especial. Tenía un semblante tan radiante que, más que de un largo y doloroso parto, parecía que acababa de llegar de un día de campo. En suma, madre e hijo, se encontraban en unas condiciones inmejorables. Por mi parte, estaba tan orgullosa y contenta que me quería comer a besos a ese nieto cuyo nacimiento me rectificaba, por tercera vez, el privilegio que significa ser abuela. ¡Bendito rol es el de ser mamá grande en una etapa de la vida que nos permite todavía gozar de nietos posmodernos! Tal como me había sucedido con la llegada de sus dos hermanos, una vez más le agradecí a la vida por vivir tan intensamente esta experiencia, la cual no se compara con nada. Resulta ya un lugar común decir que la llegada de un nieto es como recibir un regalo enviado directamente del cielo, pero así es. Por lo tanto, desde hace una semana me siento plenamente regalada, obsequiada y consentida por la vida.

En agradecimiento, recibo a mi tercer nieto y lo presento con todo mi amor y con una enorme canasta de flores, para que se vaya acostumbrando a todas las que le voy a echar en lo que me resta de vida.

Mi querido Andrés:

Ésta es la primera carta que te escribo para darte la bienvenida a este mundo que te tocó vivir. Aunque raro y muy complicado, está lleno de sorpresas y muchas cosas bonitas que descubrir. Tus hermanos ya te esperaban con mucha impaciencia, ya que tu madre, distraída, como es, nos traía con el alma en un hilo a lo largo de quince días, lapso en que podías aparecer en cualquier momento. Pero finalmente llegaste el primero julio a las 6:45 p.m. en el ABC de Santa Fe, con un peso de 3.200 kg y 65 cm de largo. Fue tu padre quien me llamó para darme la noticia. Justo en esos momentos me estaba probando un vestido (que tenía el 50% de descuento y que pensé que estaría perfecto para tu bautizo) en uno de los camerinos. Al escuchar que ya estabas aquí, di tal grito que la empleada creyó que me había desmayado y sin tocar la puerta entró en el camerino. La que también se asustó muchísimo fue tu tía Lolita. Ella pensó que había gritado de esa forma al corroborar que el vestido no me entraba, a pesar de que era una talla 14 (italiana). El caso es que salí a buscarla casi en paños menores. "¡Ya nació, ya nació Andrés!", decía a la vez que cubría mis desnudos hombros con mi saco y me dirigía hasta donde se encontraba Lolis. Las dos nos pusimos felices. "Mamá, acompáñame al departamento de bebés que quiero comprarle un par de tenis súper modernos", comentó tu tía, ilusionadísima de tener un nuevo sobrino. Felices y eufóricas como estábamos, fuimos juntas al segundo piso a buscarte tus tenis, pero al no encontrar unos bonitos, Lolita se decidió por un oso de peluche café chocolate, igualito al de Mr. Bean, el cual desde que era un niño jamás lo ha abandonado. (Espero, Andrés, que tú no caigas en esos excesos…) Esa noche, tu abuelastro, Lolis y yo cenamos pizzas frente a la tele y brindamos con un delicioso vino rojo chileno por el nacimiento del gran Andrés.

Ay, Andrés, qué felices has hecho a tus padres, abuelos, tíos y hermanos. Tomás no deja de cuidarte un solo minuto. En el día, se dirige constantemente hacia la habitación de tus padres donde está tu cuna, para ver si estás bien. Después de acariciarte con su manita en cualquiera de tus dos mejillas, corre hacia su mamá y le anuncia satisfecho: "Mamá, Andrés está muy bien, soñando con los angelitos". Has de saber que tu hermano mayor te está infinitamente agradecido por el "cuete" que le trajiste como regalo de tu venida a la Tierra. Un día antes de que llegaras, despertó a tu mamá muy preocupado preguntándole cómo le ibas a hacer para comprarlo y llevárselo. "Ya sé, mamá: cuando sea muy noche, se va a salir de tu panza, después va a ir con Diosito y le va a pedir que lo lleve con Santa Clos para que le dé mi regalo". Por lo que se refiere a tu hermana María, también ella está muy contenta con tu llegada, pero la pobrecita no lo puede manifestar mucho porque en estos momentos se encuentra malita de las anginas e incluso ha tenido calentura, por lo cual no le permiten acercarse mucho a ti.

Déjame decirte, Andrés, que desde que llegaste a tu casa (la cual es de una sola planta y está rodeada de plantas y árboles), tu mamá se ha organizado muy bien. El sábado que te fui a ver con tu tío Diego, tenía la casa sumamente ordenada con muchas flores y cosas ricas para comer. Tienes una cunita blanca, toda forrada de piqué, ¡preciosa, la cual me recuerda un poco el estilo de las cunas antiguas, como las que se usaban en los treinta. No te puedes imaginar la cantidad de ropa que tienes, ya sea comprada, o heredada de tus hermanos, la mayoría (de marcas francesas) es de color azul y blanca. De hecho, el día que te fui a visitar, estabas vestido todo de azul pavo. Te veías guapísimo. Conste que no dije "bonito", sino, ¡guapo, guapo, guapo! Y hablando de lo varonil que me pareciste desde el primer momento en que te conocí, permíteme decirte, Andrés, lo que según el *Diccionario etimológico comparado de nombres propios de personas* de Gutierre Tibón significa tu nombre:

ANDRÉS. Griego. "Varonil, masculino" derivado de "hombre". Confróntese a Arsenio y Carlos. El más insigne santo de este nombre es Andrés, el hermano de san Pedro y uno de los doce apóstoles, martirizado en Patras, en una cruz en forma de X. Latín, alemán ANDREAS, francés ANDRÉ, italiano, ANDREA, inglés ANDREW, ruso ANDREI. Hipocorístico inglés ANDY, antiguamente Dandy, Tandy. Patronímico inglés: Anderson.

Respecto a tu apelativo, la página de Google dice:

Significado: Valiente y varonil. De origen griego. Variante: Andrés.
Características: Es honesto, sociable y atrae a la gente por su especial forma de ser. Es muy humano y siempre está cuando alguien lo necesita.
Amor: Le gusta tener una pareja estable.
Fecha: 30 de noviembre, san Andrés. 4 de febrero, san Andrés Corsini.

Mi querido Andrés, nieto valiente y varonil, déjame contarte lo que me sucedió el domingo. Fíjate que fui a escuchar un concierto espléndido de Tchaikovsky, interpretado por la Orquesta Sinfónica de Minería, dirigida por Carlos Miguel Prieto. Como solista, tocaba nada menos que Philippe Quint, un violinista sumamente prestigioso. Pues bien, en tanto tocaba el *Concierto para violín y orquesta en Re mayor*, op. 35 en su Stradivarius (seguramente los mejores violines del mundo), pensaba en ti con una sonrisa de oreja a oreja. Me acordaba de cada partícula de tu rostro bellísimo, pero especialmente de tus manos tan largas, blancas y finas. Me dije entonces que tal vez terminarías convirtiéndote en un gran violinista como lo es ese muchacho ruso. Fíjate, Andrés, que no hace mucho Quint dio un exclusivo concierto a un reducido grupo de taxistas de Nueva York, en agradecimiento al que le devolvió un violín Stradivarius, fabricando en 1723 y valorado en unos 2.5 millones de euros, que dejó en su taxi. El músico entregó al conductor Mohamed Khalil todo el dinero que llevaba encima, unos cien dólares, y entradas para un concierto en el Carnegie Hall. Él también tiene unas manos finas y unos dedos larguísimos. El caso es que ése fue uno de los conciertos que más he disfrutado en mi vida. Y todo gracias a ti, mi querido Andrés, tan humano y honesto desde que llegaste al mundo.

Por último, permíteme hacerte un regalo, un pequeño fragmento del concierto de Tchaikovsky, el mismo que te dediqué ese domingo en que hiciste tan feliz a tu abuela.

Te quiere,

Mamalú

El niño robot

5 de agosto de 2008

Querido Tomás:

El 28 de julio fue tu santo, y por ese motivo te quiero regalar esta simpática canción, "El niño robot" de los Hermanos Rincón, pero antes te quiero explicar qué es eso de "tu santo". Los días llevan nombres de personas, que hicieron cosas muy buenas, tanto que los celebramos en un día especial. Ayer se festejó a todas las personas que se llaman Tomás.

Tomás viene del arameo *Thoma*, y significa "hermano mayor". Aunque también hay algunos autores como Gutierre Tibón que dicen que significa "gemelo". Originalmente era un sobrenombre: Eusebio de Cesarea, dice que el verdadero nombre del apóstol Tomás fue Judas... El apodo se usó para distinguirlo de Judas, hermano de Santiago (san Judas), y de Judas Iscariote.

Tomás se relaciona con la nobleza, con la intuición y lo humano. Las personas llamadas Tomás son de sentimientos nobles y verdaderos. Tu nombre es hermoso, escucha cómo suena muy bien en el idioma que sea: italiano, *Tommaso*; en inglés, *Thomas*; si hubieras nacido en Escocia seguramente te llamaríamos *Tam* o *Tammie*.

Ahora sí, continuando con tu regalo, es una canción que habla de robots. Lo que más me gusta es la relación que hay entre la abuela y su nieto, pero sobre todo, el gran equipo que forman ellos, en este caso, para ir a la escuela; un equipo tan especial como el que formamos nosotros. Como ya te he dicho, no hay nada en el mundo que me haga más feliz que compartir contigo una hamburguesa, ir al cine, pasear por el parque o escuchar una canción.

Los primeros robots eran juguetes con los que se entretenían niños y adultos de las cortes europeas, hace más de doscientos años. La palabra *robot* viene del vocablo checo *robota*, que significa "servidumbre", "trabajo forzado" o "esclavitud", especialmente los llamados "trabajadores alquilados" que vivieron en el Imperio austrohúngaro hasta 1848. Esos robots han sido mejorados, hasta llegar al modelo más moderno y famoso… el útil WALL·E, quien, después de pasar millones de años solito limpiando toda la Tierra, se encontró con una bella y singular robot llamada EVA. Me platicaste que los dos robots se hacen amigos y viajan a través de la galaxia. WALL·E (abreviatura de Waste Allocation Load Lifter Earth-Class) y EVA tienen como misión salvar una pequeña plantita que demuestra que la vida todavía podría ser posible, siempre y cuando los humanos no vuelvan a ensuciar el planeta. Me pregunto, ¿cómo se habrá llamado la abuela robot de WALL·E?

Feliz santo, querido Tomás.

De la abuela

8 de enero de 2009

Queridos nietos:

Hoy, hace ocho días, empezamos un nuevo año; un año terminado en nueve, es decir, que aún faltan 350 días, *thank God!*, para que vuelva a venir Santa Clos. Dicen los economistas, esos señores que son medio aguafiestas y que creen saberlo todo, que este año será muy difícil, lleno de complicaciones y sinsabores. Imagínense, mis queridos nietos, una de esas rebanadas de queso gruyère que tanto le gusta a su papá poner a sus sándwiches, pero con muchos, muchos agujeros por todos lados. Pues bien, ahora, imagínenselos gigantescos, así, gradotototes. A esto se le llama "crisis" (este vocablo que se utiliza en todos los idiomas). Pero si para colmo la crisis es mundial, como la que estamos viviendo en estos momentos, entonces los agujeros son enoooooooooooooooooooooooooooooooooooooooooooooooooooooooooormes. Son tan, pero tan grandes, que a través de estos agujerotes llegan a escaparse millones de empleos (mucha gente se queda sin trabajo), toneladas de confianza (ya nadie cree en sus gobernantes ni en las instituciones ni en nada), los precios de los alimentos (suben y suben sin ningún control), fortunas exorbitantes de los millonarios (las cuales suelen volar por los cielos hacia los bancos norteamericanos o suizos), cerebros mexicanos (muchos compatriotas prefieren ir a trabajar a empresas norteamericanas, incluso si les pagan salarios de miseria), etcétera, etcétera. De ahí que nuestro presidente, Felipe Calderón, haya enviado un mensaje a todo el país, congelando, claro con este frío tan espantoso no podía ser de otra manera, el precio de la gasolina y bajando el del gas y de otros productos de primera necesidad. Si les cuento lo anterior es para que los tres sean este año lo más ahorrativos que puedan. Nada de exigirles a sus papás más que lo necesario. Nada de excesos. Todo lo contrario. ¡Basta de consentimientos! Allí tienen sus alcancías, ahora les toca a ustedes ahorrar para que puedan divertirse los fines de semana y hasta ayudar con la casa. Ya saben hacer piñatas, pasteles, jugar a la lotería; saben armar unos rompecabezas dificilísimos y, lo que más disfrutan, ¡la lectura, la pintura y hacer teatro con sus títeres! La verdad es que no requieren de tantas cosas materiales para divertirse. ¡Qué suertudos son!

Oigan, mis queridísimos nietos, ¿ya les platiqué de las adorables niñas de Obama, el próximo presidente de Estados Unidos? ¿No? ¡Qué mal! Bueno, la mayor se llama Malia y tiene diez años, tiene los ojos grandes y expresivos de su madre y la sonrisa del padre. Sasha, de siete años, es la segunda y tiene cara de pingo. A leguas se ve que es la consentida de su papá y que es sumamente tierna. Gracias a la revista *Quién* me enteré de las reglas de la casa de Obama:

- Nada de berrinches, peleas o burlas.
- Tender la cama. No tiene que estar perfecta, con sólo extender la colcha basta.

- Es su abuela, Marian Robinson, quien las cuida cuando no están sus padres y les ayuda a programar su despertador. Ellas se levantan solas y eligen su ropa.
- Siempre mantienen su clóset muy limpio y sus juguetes muy ordenados.
- Si Malia hace bien su tarea, su padre le da un dólar por semana.
- No hay regalos de cumpleaños ni de Navidad. Su padre quiere enseñarles que hay límites (ya ven, niños…). Por eso Malia dice: "Sé que Santa existe porque sería imposible que mis padres me compraran tantas cosas".
- Las luces se apagan a las 8:30 de la noche. Sin embargo, tienen media hora extra si se ponen a leer.
- En la cocina, las niñas deben poner y quitar la mesa. La abuela se ocupa de la comida. Por las tardes tienen clases de futbol, danza y teatro para Malia, gimnasia y tap para Sasha, y clases de tenis y piano para ambas (cuando quieran les puedo dar clases de tap…).

Dada su edad, pienso que las dos se podrían llevar muy bien con la hija de Felipe y Margarita Calderón, quien, por cierto, tengo entendido que es una niña también muy interesante por su vocación por ayudar a los demás, estoy segura de que esta amistad fortalecería aún más nuestra relación con Estados Unidos, la cual tengo la impresión que últimamente anda medio… desangelada.

Déjenme decirles, mis queridísimos nietos, que Obama también está súper preocupado por la *krisis* (con k, porque se escucha con más fuerza). Seguramente tiene muy presente lo que solía decir en 1802 el que fue tercer presidente de Estados Unidos, Thomas Jefferson: "Creo que las instituciones bancarias son más peligrosas para nuestras libertades que los ejércitos regulares. Si el pueblo americano permitiera alguna vez que la banca privada controlara la emisión de su moneda, dicha banca y las corporaciones que crecerán a su alrededor –primero por medio de inflación y después de deflación–, despojarán a la gente de todas sus propiedades, hasta que sus hijos despierten un día sin techo que los cubra en el continente que sus padres conquistaron. El poder de emisión se debe tomar de los bancos y regresar al pueblo, a quien debidamente pertenece".

Bueno, niños bonitos, los dejo, porque temo que ya los aburrí. Les deseo un muy, muy, muy, muy, muy, muy (qué tal de exagerada es su abuela), muy, muy, muy, feliz año nuevo.

Los quiere, mucho, mucho, mucho, mucho, pero mucho,

Mamalú

La historia de la moda explicada a mi nieta

4 de marzo de 2009

Querida María:

Sé que, a pesar de tu corta edad, eres una niña con mucho carácter y que sabe exactamente lo que quiere. Me cuenta tu madre, no sin pesar, que te rehúsas, definitivamente, a usar pantalones. Me dice que no obstante trata de convencerte todas las mañanas para que los lleves a la escuela, tú insistes en ir enfundada ya sea en un vestido o bien en una falda, de preferencia larga. No hay duda, María, que eres especialmente coqueta. ¡Cuántas veces me he visto obligada, cuando voy a visitarlos, a quitarme los aretes y collares para prestártelos! Basta con que me veas llegar a tu casa para que corras hacia mi gran bolsa para sacar el estuche de maquillaje y cuando menos me doy cuenta, ya tienes los ojos y los labios pintados, incluyendo las cejas y las pestañas. Lo que me impresiona es la experiencia que has adquirido, en tan corto tiempo, para maquillarte y quedar convertida en una verdadera muñeca.

Ay, María, me pregunto a quién habrás salido. ¿Habrá sido, acaso, a tu abuela paterna? Me temo que sí. Por ello, he decidido escribirte esta larga carta para contarte la historia de la moda a través de los tiempos.

A ti que te gustan tanto los cuentos de las princesas y de las reinas, comencemos por contar la historia de una reina, que sí existió y que, como tú, adoraba los vestidos, las joyas y todo aquello que tenía que ver con la belleza. De hecho, los diseñadores de todo el mundo la consideran actualmente como si fuera la Patrona de la Moda, ya que durante su reinado inspiró, en la forma de vestirse, a muchas otras mujeres de la corte. Lo que usaba María Antonieta, esposa del rey de Francia Luis XVI, al otro día era el último grito de la moda. A pesar de que la criticaban muchísimo por gastar tanto dinero en su guardarropa, no había una sola mujer que no tuviera el mismo vestido de falda vaporosa, la misma capa con encajes y las mismas plumas que habían visto usar a la reina. Para que tengas una mejor idea del pomposo estilo llamado "rococó" que impuso esta soberana, intentaré describirte una de sus múltiples *toilettes,* confeccionadas en finísimos brocados y muselinas de seda por su costurera personal, Rose Bertin, quien con el tiempo se convertiría en su amiga y confidente. Pasaban horas y horas, dos veces a la semana, discutiendo las nuevas creaciones de vestidos. Como entonces no existían los desfiles de moda que te gusta ver por la tele en *E Fashion*, los modelos eran presentados con muñecas de porcelana. ¿Te imaginas, María, cuántas necesitaban para ver toda la colección tanto de invierno como de verano? En esto también la reina de Francia se gastaba un dineral, mientras que su pueblo se moría de hambre. La otra responsabilidad de Bertin consistía, junto con el peinador Leonard, en ocuparse del peinado de su majestad. Más que de su pelo, el cual era rubio y ligeramente rizado como el tuyo, en lo que ambos trabajaban era en sus pelucas, muy en boga en el siglo XVIII. Éstas, además de ser altísimas (aquí entre nos, parecían como

94

esos pasteles de varios pisos que venden en Sanborns y que tanto te gustan), siempre iban polveadas con harina y decoradas con plumas, flores, pájaros, mariposas, ramas de árboles, moñitos, enormes hileras de collares de perlas y hasta barquitos de juguete. Lo que no sabes, María, es que estas pelucas supuestamente tan ricas y elegantes eran también un verdadero nido de pulgas y piojos, a tal grado que las damas de la corte llevaban sus propios "rascadores" para aliviar las molestias que les provocaban las picaduras de estos terribles insectos. Además de estas molestias, la pobrecita de María Antonieta padecía otras terribles, las que le provocaban las "ballenas" (tiras de lámina) de sus rígidos corsés, los cuales le oprimían sus costillas reales.

Fíjate, María, que la reina era una mujer muy, pero muy consumista; a pesar de que Francia en esos momentos atravesaba por graves problemas, tanto económicos como sociales, María Antonieta de Austria todo el día compraba: telas, cortinas, muebles, zapatos, espejos, crinolinas, candiles, abanicos, pero sobre todo, joyas, montañas de joyas. Con decirte que le decían "Madame Déficit", porque estaba, invariablemente, rebasada por las deudas. "¿Por qué gastas tanto, mi hijita?", le preguntaba angustiada su mamá, María Teresa I, archiduquesa de Viena, cada vez que le escribía. "Ay, mamá, es que me aburro… me aburro mucho con mi marido y con la bola de lambiscones de la corte…", le contestaba la reina, madre de cuatro hijos, quien más que vivir en el castillo de Versalles se hubiera dicho que vivía eternamente en la luna al no entender absolutamente nada de todo lo que sufría su pueblo.

"¡Pues que coman pasteles!…", exclamó la reina un día, cuando le avisaron que la gente moría de hambre al no tener pan que comer. Pero tampoco había pasteles que comprar ya que en esos días también había escasez de harina; toda se la habían acabado en empolvar las famosas pelucas de la reina y de su corte. Para no hacerte el cuento largo, mi querida María, el 17 de octubre de 1793, cuatro años después de haber empezado la Revolución francesa, le cortaron la cabeza a la pobre reina por gastadora, por frívola, pero sobre todo, por pensar demasiado en los vestidos y no en sus gobernados.

Respecto a la vida de la Reina de Francia, he allí una buena moraleja que siempre debes recordar: todos los excesos son malos, especialmente cuando dañas a otras personas. En otras palabras, sí hay que comprar vestidos, siempre y cuando no te excedas en tu presupuesto.

¿Qué le pasó a la moda una vez terminada la Revolución, con el surgimiento de la República francesa? ¿Cómo empezó a vestirse Josefina a partir de que su marido Napoleón Bonaparte se convirtió en el emperador de los franceses y rey de Italia? Debes tener en cuenta que Josefina fue coronada emperatriz de Francia, en diciembre de 1804, y a partir de ese momento surgió un nuevo estilo, no nada más en la vestimenta, sino también en la decoración e incluso en la arquitectura, conocido como el estilo Imperio Napoleónico. Ya sin corsés, ni "ballenas", ni vestidos tan elaborados como los que se usaban antes de la Revolución, se puso de moda lo que se conoce como el "estilo imperio", cuya característica principal es tener un corte bajo el busto, que al mismo tiempo lo recoge y le da soporte. Esto hacía que la silueta de la mujer se viera más natural. Como María Antonieta, también Josefina comenzó a encabezar la moda francesa, incluso sus modelos se publicaban en el *Journal des Modes* y eran admirados y copiados en toda Europa. Tenía predilección por los tejidos como crepé, raso, tafetán y terciopelo, lo cual hizo que se reanimara la industria textil francesa. Claro que Josefina no era tan excéntrica como solía serlo la reina de Francia, afortunadamente era un poquito más discreta. Aunque, pensándolo bien, María, no del todo. Fíjate que en una ocasión fue a un baile con un vestido cubierto de pétalos de rosa. Para elaborarlo, Leroy hizo coser cientos de pétalos de color rosa pálido sobre un largo y entallado vestido de raso blanco. De hecho, el rosa (al que tú llamas "color nena") era el color preferido de Josefina, a pesar de que también popularizó el blanco para los vestidos de baile. Le gustaban, igualmente, los chales de cachemira, tejido con el pelo de las cabras de Cachemira del Kirguizistán ruso. Dicen los historiadores que, poco a poco, la ropa se fue convirtiendo para la emperatriz en una auténtica obsesión. En un inventario de 1809, es decir, cinco años después de ser nombrada emperatriz, en su guardarropa Josefina ya tenía: 676 vestidos, 49 vestidos de corte para ceremonias oficiales, 252 sombreros o tocados, 60 chales de cachemira, 785 pares de zapatillas, 413 pares de medias y 498 camisas bordadas y adornadas con encajes.

En lo único en lo que sí ahorraba Josefina era en sus peinados, hechos por su peluquero Hebault. Éstos eran muy simples y estaban inspirados en las esculturas de la Antigüedad. Por lo general, la emperatriz llevaba el cabello recogido, sujetado en un pequeño chongo. A veces se ponía unos caireles a la altura de la frente, pero nada más. En lo que sí invertía mucho tiempo y dinero era en el pedicure, manicure y masajes.

Has de saber, mi querida nieta, que Napoleón se divorció de Josefina y se volvió a casar con María Luisa de Austria, a quien por cierto no le interesaba la moda. No obstante, la duquesa de Parma puso de moda el arte de la perfumería y el color violeta.

Queridísima nieta, por ningún motivo te quiero atarantar con tantas fechas, nombres y datos históricos. Lo único que pretendo con esta carta es introducirte en el mágico mundo de la moda, la cual casi siempre venía de Francia, de allí que me concentre en este país, que de alguna manera también es tuyo, puesto que tus antepasados fueron franceses.

Después de Napoleón I, vino Carlos Luis Napoleón Bonaparte, único presidente de la Segunda República francesa. Conocido como Napoleón III, fue el último monarca que reinó en 1852. Dos años antes, en 1850, ya había aparecido un textil, que a ti en lo personal te encanta, te fascina y del cual te has vuelto adicta; claro, se trata del ¡terciopelo! ¿Cómo no sería así, si tus antepasados franceses por parte paterna han sido los fabricantes más importantes del terciopelo desde el siglo XIX? Allí está el terciopelo *miracle,* que lanzó la casa Martin en los cincuenta, un terciopelo que en verdad parecía un mi-la-gro, ya que no se arrugaba; muy utilizado por el modista Yves St. Laurent. Como sabes, María, esta empresa familiar con los años se instaló en muchas partes del mundo incluyendo, naturalmente, México, donde empezó a tener un éxito fenomenal, ya que ganó igualmente prestigio aquí, como en el resto del mundo, por el terciopelo para los muebles, cortinas de cine, además de todo tipo de necesidades.

Volvamos a nuestro tema, la moda. Sí, María; en esa época, nada les gustaba más a las reinas y a las princesas que llevar capas de terciopelo; este accesorio en ese material, además de brindarles calorcito, hacía que sus atuendos lucieran mucho muy ricos. Imagínate cómo se veían esas capitas sobre las grandes mangas de los vestidos súper ampones que entonces llevaban las mujeres. Hablando de este estilo de vestimenta que tanto éxito tuvo alrededor del mundo, no lo podríamos concebir sin un artefacto, el cual en muy poco tiempo se convirtió en el símbolo de la moda del Segundo Imperio, es un artefacto ¡maravilloso, ¡la cri-no-li-na! "¿Qué es eso, Mamalú?", te oigo preguntarme. Según el libro *Historia de la moda. Desde Egipto hasta nuestros días*, de Bronwyn Cosgrave, la crinolina es "un armazón realizado originalmente en aros de crin de caballo prensada y, más tarde, con más de veinticuatro aros de acero". Imagínate, María, que algunos "miriñaques", como también se les llamaban a las crinolinas, tenían cuarenta aros de alambre de acero, once tiras de lino blanco. El diámetro, de izquierda a derecha, medía aproximadamente 95 cm; de adelante a atrás, algo como 98 cm, y la circunferencia de abajo 303 cm. Ya te podrás imaginar cómo les gustaba a las jóvenes de entonces usar muchas crinolinas, ya que de ese modo les permitía ponerse muchas enaguas (faldas) unas encima de otras. Lo más bonito de la crinolina es que era una prenda muy democratizada: todas las clases sociales la usaban; desde las nanas, las trabajadoras de las fábricas, hasta las princesas y reinas. "La crinolina trajo consigo la moda de llevar botines. La emperatriz Eugenia, esposa de Napoleón III, de origen español y árbitro de la elegancia, adoptó enseguida la crinolina, y las mujeres de toda Europa no tardaron en imitarla." Después, la crinolina se empezó a fabricar en forma de armazón metálico creado en Estados Unidos por Thomson. Fue tal su éxito que para 1860 se habían vendido millones de crinolinas en toda América. ¿Te acuerdas de los grabados que tengo en mi recámara donde aparecen varias mujeres vestidas a la vieja usanza? Allí están con sus vestidos drapeados, amplísimos, llenos de holanes. Allí están con sus botines de charol negro, sus sombreros de paja sujetados con enormes listones. Allí están estas damas de la alta burguesía parisina paseándose por el *bois de Boulogne.* Se les ve una cinturita sumamente breve en tamaño, la cual no debe medir más de 30 cm. Algunas llevan su sombrilla, otras su "manguito", confeccionado con la misma tela del vestido. Para entonces ya había aparecido el estampado de las rayas. Muchas están vestidas con un abrigo más corto que su amplísima falda. ¿Su peinado? Una trenza en diadema y en la parte de atrás, un chonguito muy discreto.

Por esos años en México, también se puso de moda el "miriñaque". Resulta muy interesante cómo el historiador Arturo Carrasco Bretón, describe, en forma sumamente poética, la manera de vestir de las señoras de la sociedad de la época juarista:

Ahí damas distinguidas,
con enaguas colgantes
al cinto, almidonadas y tirantes,
con sus faldas llevando
hasta cinco volantes;
aquellas que ocupaban
casi una pieza entera de tela que cubría,
en gracioso desliz,
la engomada armazón del miriñaque,
y, sobre ellas, luciendo
aquellas muselinas floreadas o listadas,
los chinés, chaconés, los organdís.

No vayas a creer, María, que era muy incómodo llevar el "miriñaque". Al contrario, muchas de estas damitas se sentían mucho más cómodas que cuando usaban el corsé con sus terribles "ballenas". Con la crinolina, sentían que sus movimientos eran más ligeros, pero sobre todo más femeninos. Esto lo comprendió muy bien el diseñador francés Christian Dior con su *new look,* lanzado en 1947. ¿Me creerías, María, que cuando era niña mi mamá, es decir mamá Lola, tu bisabuela; me compró unas crinolinas preciosas, hechas con muchos encajes y holanes de nylon? La recuerdo perfectamente, porque entre algunos pliegues tenían unos cascabelitos, de tal manera que con cada movimiento mi vestido sonaba *¡¡¡ding, dong, ding, dong!!!* Tal vez eso ahora te parezca sumamente cursi, pero en los años cincuenta, créeme, mi querida nieta, estaba de gran moda; además, no es por nada, tu abuela se veía ¡adorable!

El modista de la emperatriz Eugenia era un personaje que, sin duda, revolucionó la moda, Charles Frederik Worth fue inventor de la *alta costura,* es decir, la confección a medida hecha a mano. "Como

100

ha señalado Georgina O'Hara Callan en el libro arriba mencionado, el *couturier* creaba cada modelo en una *toile,* prototipo del vestido realizado en lino fino o muselina, que llevaba la firma de su creador. Después el modelo se adaptaba a las medidas de la clienta a partir de este prototipo." Worth fue también el primero en producir una colección completa de prendas para cada estación, a lo que después se llamó *haute couture.* Worth fue el que introdujo la túnica, un vestido hasta la rodilla que se llevaba con una falda larga, pero, sin duda, lo más importante de su trayectoria fue la creación de nuestro artefacto preferido, la ¡crinolina!

Respecto a la moda, ¿qué pasaba en México? Para tener una mejor idea te propongo que juntas leamos lo que escribió la marquesa Calderón de la Barca en su imprescindible libro *La vida en México,* cuya primera versión se publicó en Boston, en 1843: "Asistí a una fiesta y, en conjunto, vi pocas bellezas (mexicanas) dignas de llamar la atención, poca gracia y muy poco talento para bailar. Había demasiado terciopelo y raso, y los vestidos recargados en demasía. Los brillantes, aunque soberbios, estaban mal montados. Los vestidos, comparados con la moda actual, eran de corte absurdo, y los pies, pequeños por naturaleza, apretados dentro de zapatos aún más pequeños, echaban a perder su gracia al bailar". Más adelante, Calderón de la Barca se refiere a las visitas que ha hecho entre las distinguidas damas mexicanas:

> Durante estos últimos días hemos tenido muchas visitas y mis ojos apenas empiezan a acostumbrarse a la ostentación de brillantes y perlas, sedas, rasos, blondas y terciopelos con los que las señoras nos han hecho su primera visita de etiqueta... La Marquesa de San Román, una señora anciana que ha viajado mucho por Europa llevaba un vestido confeccionado con terciopelo negro de Génova, mantilla

101

de blonda negra y un espléndido aderezo de brillantes. También visitamos a señora de Barrera, esposa de un general sumamente rico, y que tiene la casa más hermosa de México: vestido de terciopelo morado, cubierto de bordados con flores de seda blanca, mangas cortas, un corpiño bordado; zapatos de raso blanco; un ancho volante de encaje de Malinas, asomado bajo el vestido de terciopelo, que era un poco corto; una mantilla de blonda negra sostenida con tres *aigrettes* de brillantes de un tamaño extraordinario. Un collar de brillantes de inmenso valor, bellamente engarzados, valuado en 20,000 pesos. Una cadena de oro que le daba tres vueltas al cuello y que le llegaba a las rodillas. En cada dedo un anillo de brillantes del tamaño de pequeños relojes. Como no había ningún otro vestido que se le igualase en magnificencia, con esto termino mi descripción, no sin añadir que, hasta ahora, ninguna de las señoras mexicanas que han venido a visitarme en la mañana han prescindido de traer sus brillantes. Son pocas las oportunidades de que se disponen para exhibir sus joyas, de tal manera que si no fuese por estas matinales visitas de etiqueta, sus piedras preciosas permanecerían despidiendo en vano sus serenos rayos en la oscuridad de sus estuches.

Como verás, mi querida María, las cosas en México no han cambiado; las señoras bien continúan igual de ostentosas y siguen enjoyándose de la misma forma en que la marquesa las describió en 1843.

Te preguntarás acaso, María, ¿qué opinaban los especialistas en urbanidad, cortesía y buen tono respecto a la moda de esa época? En efecto había muchos cronistas que escribían a propósito del tema. Veamos, por ejemplo, qué decía don Mariano de Rementería, autor de un manual completísimo que se llama *El hombre fino al gusto del día*. Su obra se refiere a las "reglas, aplicaciones y ejemplos del Arte de presentarse…". En la página 86 escribió: "La moda es la más inconstante de las fingidas divinidades, pero es la que tiene más adoradores". En relación con el vestido, don Mariano apunta: "Tiempo ha habido en que las clases de la sociedad se distinguían por el vestido; pero como este tiempo ha pasado [ojo, María, lo anterior lo redactó a mediados del siglo XIX], ya no tanto distinguen a los individuos los trages [*sic*] como la instrucción, la educación, el ingenio y los talentos acompañados de las gracias y elegancia; de modo que aunque los vestidos sean iguales, el modo de llevarlos da a reconocer las personas a la primera ojeada de un hombre de mundo que conoce cuanto previene a favor de cada uno el garbo y el asco en el modo de vestirse". ¿Qué te parece su reflexión? Personalmente la encuentro muy sabia, en otras palabras, don Mariano nos está diciendo "que de la moda lo que te acomoda", o bien, que lo que cuenta, más que la moda, es la "originalidad" con la que tú, María de mis amores, la vas a interpretar. He aquí un consejo que sugiere don Mariano para tu señor padre: "Id siempre vestidos con aseo; que vuestra ropa blanca pruebe el cuidado que tenéis de vosotros mismos, que el cepillo corra frecuentemente por vuestro sombrero y frac, y que nada en fin manifieste la negligencia o desidia". El autor también sostiene que no se necesita ser rico y que cualquiera puede ir bien vestido y admitido en la sociedad (tu bisabuela solía decir que como te ven te tratan) "y sin tener grandes rentas salir a la calle con un pantalón limpio y el pañuelo [nada de Kleenex] bien puesto, observando en general así sobre esto, como sobre la diferencia de colores, y el tiempo en que se ha de llevar, las costumbres introducidas en donde quiera que uno se encuentre".

En un código de urbanidad que encontré, precisamente, de mediados del XIX, escrito por don Manuel Díaz de Bonilla, da un consejo que no deberás olvidar nunca: "Es preciso no olvidar que el trage [*sic*] debe corresponder en cada cual a su *estado económico*. Quien viste con mayor magnificencia [así como me has dicho que se viste tu amiga

Carolina, cuyos padres tienen demasiado dinero y a toda costa quieren mostrarlo] de la que permiten sus facultades, es un menguado [o sea un tontín] que se espone [*sic*] al peligro de mostrarse bien pronto con andrajos [claro, el que mucho gasta en su apariencia física, pobre se queda... Ojo con la American Express, tarjeta de crédito de la que serás dueña, seguramente, en muy corto tiempo...], o se desacredita a sí propio, haciendo suponer que viste a expensas de otro. Por la inversa, cuando se lleva un vestido inferior al propio estado, se da muestra de abandono y desaliño incivil, echándose a cuestas la tacha de pordiosero y mendigo".

¡Qué barbaridad!, me estoy alargando demasiado y aún no hemos abordado el año de 1870, año en que se empezaron a ver muchos encajes en los vestidos, en las faldas y en los abrigos. Continúa lo drapeado y los sombreros se vuelven cada vez más extravagantes. Las faldas son un poquito más estrechas, y se llevan con blusas que se abotonan en bies. Los guantes largos, hasta el codo, se llevan todo el día. El reloj es el accesorio de la década, éste se encuentra incrustado tanto en las pulseras, o bien en el mango de un paraguas, así como sostenido por grandes cadenas de oro.

En el año de 1900 es lanzado un estilo el cual, en lo personal, es uno de mis predilectos; se trata de la moda de la *Belle époque.* El modista Paul Poiret fue el primero que propuso una nueva línea sin corsé. ¡¡¡Uf!!!, qué aliviadas se sentían las mujeres sin tener que llevar esas fajas tan incómodas que les impedían hasta respirar. La moda que impuso Poiret resultaba mucho más confortable. Su "abrigo Confucio", de corte recto y línea holgada, apareció en 1903 y fue todo un éxito. En 1906, creó el "estilo helénico". Además de este estilo de tendencias griegas, Poiret también se inspiró en la indumentaria oriental; inventó los pantalones de odalisca, los turbantes y la llamada falda de medio paso, como la que usaba *Claudine,* la protagonista de cinco libros de la escritora francesa Colette. Entonces la forma de vestir de la heroína impuso una moda muy característica del principio del siglo XX. Todas las jovencitas estaban vestidas con su falda de "medio paso" negra (o de gabardina dependiendo de la estación), una blusa blanca o de rayas negras con cuello redondo tipo escolar, muy almidonado, el cual era sujetado por un moño ancho oscuro.

Y como accesorio no podía faltar el sombrero de paja, estilo *cannotier,* con cinta de terciopelo negro.

Temo aburrirte mi querida María. Para no cansarte con tanta información, permíteme hacerte una adivinanza que de alguna manera tiene que ver con nuestro tema:

Soy mujer muy pequeña y afamada,
con grande ilustre y brillantez vestida;
sin mi decencia no hay; belleza y vida
presto a la sociedad engalanada.
Mi rectitud por todos es buscada,
mi agudeza de todos aplaudida,
de muy lejos se aguarda mi venida,
y la dama me busca apresurada.
Mi destino es herir constantemente
cuanto encuentro de mí poco distante;
de un hombre férreo, déspota, inclemente,
que me impele a este mal, de sí delante,
y me trata a empujones brutalmente.

¿Qué cosa es, mi María bonita? ¡¡¡La aguja!!! ¿Te gustó? ¿Sabías que la invención de la aguja se le atribuye a un indio, que la llevó por primera vez a Inglaterra hacia el año de 1545? La aguja de coser ha dado el nombre a todas las demás que se conocen, siendo uno de los instrumentos más útiles no sólo para la mujer, sino también para el sastre, el médico, el tapicero y hasta para los invidentes (ciegos), quienes usan unas agujas especiales.

En tu costurero, María, nunca debe faltar el dedal, invención atribuida a los holandeses. Un mecánico llamado Juan Lopling fue lo primero que llevó a Inglaterra en tiempo de Jacobo I. Como es bien sabido, el dedal es un instrumento pequeño de metal o de plástico, que se pone en la punta del dedo medio para empujar la aguja sin riesgo de herirse cuando se cose. No te olvides de las tijeras, un instrumento indispensable para la costura. Recuerda que las hay rectas, acodadas o curvas. Las que usa la costurera son las rectas de brazos cortos y delgados cuando las emplea para el corte de telas finas o labores pequeñas; de brazos cortantes largos para telas de poco cuerpo (no muy pesadas) y para las telas fuertes han de ser aquellas de dimensiones proporcionadas, a fin de dominar los gruesos, facilitando su manejo para poder avanzar rápidamente sin perjudicar la bondad del corte. Por último, déjame decirte quién inventó la máquina de coser. ¿Te acuerdas de la mía pequeña y blanca, que se la he prestado varias veces a tu madre? Pues bien, una muy semejante, pero de forma más antigüita, la inventaron los ingleses llamados Stone y Handerson. Después, la perfeccionaron en 1825, para hacer punto de cadeneta, los franceses Thimonier y Ferrand. Pero desgraciadamente, la costura producida por esta máquina tenía el grave defecto de que bastaba tirar de un cabo del hilo para que se deshiciera, como sucede con un calcetín cuando se le hace un hoyo. Finalmente, un ingeniero norteamericano, Walter Hunt, quiso, en 1804, remediar este "pequeño" inconveniente", cruzando dos hilos distintos. Al pobre señor Hunt tampoco le quedó muy bien su remedio, así que vino su compatriota *mister* Elías Howe, y en 1846 construyó la máquina de lanzadera que produce el punto cruzado, con la cual logró que la máquina de coser se aceptara tanto en

106

las fábricas de confección como en los hogares. Fíjate, María, que una buena "maquinista" (trabajadora que pasa horas frente a su máquina de coser) equivale a doce costureras a mano. ¿Qué tal? Te prometo que cuando cumplas quince años te voy a regalar la máquina de coser más moderna del mundo. Ya verás cómo, gracias a ella, te podrás confeccionar los vestidos más originales y, al mismo tiempo, ahorrarte mucho dinero, porque como bien dice el licenciado Juan de la Torre, en su libro *El amigo de las niñas mexicanas* publicado a principios de 1900: "El arte de vestir bien no consiste en gastar grandes sumas, consiste en emplear lo que se gaste, por poco que sea, con tino e inteligencia: consiste en adoptar los colores, las telas, las hechuras más graciosas y que digan mejor con el color de la tez y los cabellos. Poseyendo ese arte, ese sentimiento de lo bello las más modestas galas parecen de gran valor; pues sin el buen gusto, la mayor y más ostentosa magnificencia estará siempre muy distante de la elegancia y de la distinción. Como regla general, puede decirse que en una niña sienta bien, sobre todo, la sencillez y la sobriedad en los adornos: la sencillez tiene algo de humilde y de encantadora, que conquista la simpatía de todos; al paso que la ostentación es hiriente y ofensiva para las personas desgraciadas".

Sí, María, leíste bien, "des-gra-cia-das"; tal vez con ello el autor quiso decir "personas pobres", así es que ya sabes: nada de ostentar ni de presumir ni mucho menos hacer alarde con tu forma de vestir. Recomendación que hacía también el profesor Hilarión Barajas en su libro *Pequeño manual de usos y costumbres de México*, editado un año después que el libro del licenciado De la Torre, en el capítulo titulado "Visitas":

Five O'Clock: *Toilettes* de calle. Traje elegante de gran casa. Sombrero, guantes muy claros.

107

Visita de condolencia: Traje gris, negro o malva, de confección sencilla. Sombrero serio.

Visita de presentación: Extrema corrección, traje de seda o de paño,
guarnecido de seda, confección cuidadosa, sombrero rico.

Visita a los enfermos: Traje sencillo. *Toilette* de mañana. Estilo sastre.
Nada de flores. Nada de perfumes.

Concierto o Matinée: Traje de seda o de terciopelo o de lana muy elegante. Sombrero rico, guantes claros y abanico. En todos los casos
en que las señoras se ponen en traje de visita elegante, los hombres
llevan la levita.

Comida en Restaurante o Tívoli: Traje de seda o terciopelo muy so-
brio en adornos; pero sin perder su elegancia. Sombrero de pocas
pretensiones.

Comida en el campo: *Toilettes* de muselina de tafetán o de *foulard* cu-
bre-polvo. Sombrero redondo, fácil de quitarse sin descomponer
el peinado.

Hasta aquí con el manual.

"Ay, Mamalú, ¿para qué me cuentas todo esto si ya ni se usan los
tés de *five o'clock,* y menos los 'días de campo' por miedo a la inse-
guridad?", quizá pienses, querida nieta. Tienes razón. No obstante, en
esta carta (laaaaaaaaaarguísima) no podía faltar lo que escribían los
cronistas mexicanos antes de que surgiera "la nueva mujer", es decir,
aquella que apareció al finalizar la Primera Guerra Mundial, la mujer
con más estudios superiores y profesionales que los que solían tener
sus madres, la que hacía deporte y bailaba *charleston,* la que manejaba
los rápidos automóviles y empezó a usar la falda a la altura de la rodilla.

¿Recuerdas aquella fotografía que te mostré de tu bisabuela, donde aparece con las cejas muy depiladas, los ojos muy acentuados con
un trazo de kohl, con la tez muy blanca, los labios muy rojos, peinado

a la *garçonne,* con un ajustado "sombrero campana" y un vestido suelto de cintura baja? Pues bien, entonces en esos años veinte, mamá Lola estaba muy al pendiente de lo que dictaba la moda de Gabrielle "Coco" Chanel y de Elsa Schiaparelli.

Permíteme platicarte de la primera, de Coco Chanel, quien se dedicaría a trabajar como artesana y mujer de negocios, imponiendo su propio concepto del arte de vestir y creando una indumentaria con la idea de esta "nueva mujer", a la que me referí líneas arriba. El confort y la funcionalidad, ante todo. Insistió en liberar a la mujer, por completo, de los corsés, de los enormes sombreros de plumas; impuso el pelo corto a la *garçonne* (a lo chico), el uso de los pantalones, trajes de baño para mujeres y que se broncearan bajo los rayos del sol.

Con su arte para diseñar, adaptó la libertad del vestir masculino sin sacrificar la sensualidad y la feminidad. Ella fue la primera mujer que osó llevar pantalones. Para finales de la década de 1910, en las playas se veían a muchas bañistas llevar el traje de baño que dejaba al descubierto más partes del cuerpo que nunca. Además, creó Chanel No. 5, uno de los perfumes que hoy sigue siendo símbolo de *glamour* y que era lo único que la actriz norteamericana, Marilyn Monroe usaba para dormir. Creó el "pequeño vestido negro", una prenda sencilla y elegante. Cuando sacó al mercado un traje, realizado en jersey de lana, compuesto por una chaqueta recta bordeada de un galón tejido y una falda, igualmente recta y corta, fue el momento en que marcaría definitivamente el *estilo Chanel.* El estilo del género de punto y las formas que tomó prestada de la indumentaria masculina causaron sensación. Con este mismo género diseñó pantalones estilo marinero, llamadas "piyamas de playa". Inventó lo que se llama: *la petite robe noire* o también conocido como *the little black dress,* que nunca debe faltar en un guardarropa femenino. Como solía decir la propia diseñadora: "En mi juventud, las mujeres no parecían humanas. Sus ropas eran contra natura. Yo les devolví su libertad. Les di brazos y piernas de verdad, movimientos que eran auténticos y la posibilidad de reír y comer sin tener necesariamente que desmayarse".

De hecho, Chanel fue la precursora de las cremas para broncear sin sol. El estilo Chanel es inconfundible con sus trajes de tweed, sus zapatos bicolores, el prendedor camelia, los collares de perlas, los cinturones de cadena y, por supuesto, su famosa y muy codiciada bolsa, conocida como la 2.55 por haber sido creada en febrero del año 1955. Te prometo, María, que cuando cumplas 18 años, te regalaré una bolsa Chanel. No pienses que para entonces esta bolsa estará *démodé*. Al contrario, no te olvides que Chanel nos enseñó que la moda pasa de moda, pero el estilo ¡nunca! "Sé una oruga de día y una mariposa de noche", aconsejaba a las mujeres. "No hay nada más cómodo que una oruga, ni nada está mejor hecho para el amor que una mariposa. La mariposa no va al mercado y la oruga no va de fiesta." Las mujeres más famosas que aparecen constantemente retratadas en la prensa, por lo general, llevan una bolsa Chanel. Jacqueline Kennedy y la princesa Grace eran incondicionales del estilo Chanel y siempre aparecían con su bolsa. Elizabeth Taylor la lucía frecuentemente, así como Jane Fonda e incontables celebridades y estrellas del cine que ahora la llevan en su nueva versión, en diferentes colores y con algunas modificaciones, pero con el inalterable espíritu de Coco Chanel, aquél de que "la simplicidad es la clave de la verdadera elegancia". Y ¿qué más sencillo que una bolsa de cuero o de jersey acolchado con una cadena dorada, inspirada en las chaquetas de los muchachos que se encargaban de los establos en las carreras de caballos?

Chanel nos enseñó que era más importante tener un cuerpo en forma que darle forma al cuerpo con un corsé. ¿Cuál fue su secreto? ¿Cómo se explica el poder que tuvo sobre las mujeres, la moda y el estilo? ¿Su creatividad, talento, perfeccionismo, perseverancia y gran capacidad de trabajo? El escritor Morand dijo que tenía cuentas que cobrarle a la sociedad y que poseía una suerte de sed de venganza de la que están hechas las revoluciones. Chanel detestaba todo aquello que había reducido a la mujer a la condición de objeto; inhibiendo, por tanto tiempo, su habilidad para igualarse a los hombres. Por lo tanto, le era esencial que una falda y un saco sirvieran y, si fuera posible, facilitaran los movimientos y las actitudes de la vida moderna: al caminar, correr, sentarse y ponerse de pie de repente. *Mademoiselle* Coco Chanel es uno de los mitos de la identidad francesa en cuanto a elegancia, chic y lujo. ¿Por qué? Porque como dice la profesora de la Universidad Bunka para Mujeres, Reiko Koga: "Coco Chanel creó toda una nueva ética del vestir y propuso un estilo para aquellas mujeres que estaban dispuestas a vivir su propia vida de forma activa".

Hoy por hoy, afortunadamente, el estilo Chanel está más presente que nunca en todo el mundo gracias al maravilloso diseñador Karl Lagerfeld, quien desde 1983 trabaja para la *maison* Chanel. Créeme, María, él es un genio y ha sabido, como nadie, respetar la filosofía de esta extraordinaria diseñadora. Basta con descubrir cualquiera de sus colecciones para percatarse de qué manera Lagerfeld sigue trascendiendo el papel decisivo que tuvo Chanel en la moda femenina.

María bonita, nieta adorable, la "niña" de mis ojos, termino la carta con esta modista legendaria que tanto revolucionó el mundo de la mujer. Espero, de todo corazón, que el contenido de esta larga misiva te haya llevado de la mano por la historia de la moda, desde el siglo XVIII hasta nuestros días. Tal vez un día me anime y te escriba la segunda parte, la cual llegaría más allá del año 2000. Por lo pronto, me despido deseando que en unos años te conviertas en la mujer mejor vestida de todo México.

Tu abuela que tanto te quiere,

Mamalú

111

Un dominó mágico

10 de noviembre de 2009

Queridos nietos:

Ayer, en medio de una fiesta gigantesca, se celebraron veinte años de la destrucción de un muro largo, largo, como esos que les gusta construir con su Lego. Pero éste, desafortunadamente, no era tan bonito como los que ustedes suelen levantar con tanta maestría. El Muro de Berlín (nombre con el que lo bautizaron desde 1961) dividía la capital de un país muy grande e importante de Europa que se llama Alemania. El muro que estaba construido en la ciudad y que medía 45 kilómetros, la dividía en dos partes: en Berlín del Este y en Berlín del Oeste. Déjenme decirles, queridos nietos, que este muro provocó muchas muertes, odio, separaciones y rupturas familiares, pero sobre todo causó muchas humillaciones entre los alemanes. Imagínense, si hubieran construido un muro a lo largo del Periférico que nos hubiese separado durante muchos años. Yo, atrapada en la colonia Roma, y ustedes, en Las Lomas, sin podernos visitar ni vernos, aunque hubiera sido de lejitos. Jamás hubiera podido ir a sus cumpleaños para llevarles sus regalos, no hubiera podido ver a sus papás, ni hubiéramos podido pasar la Navidad juntos. ¿Se dan cuenta de lo terrible que hubiera sido? Claro que yo hubiera hecho hasta lo inimaginable por ayudarlos a escapar, como lo hicieron muchos alemanes. Una de las evasiones más espectaculares fue la del 5 de octubre de 1964. ¿Qué creen que hizo un grupo de estudiantes que ya estaban hartos de la falta de libertad y de no poder viajar a Berlín del Oeste, ni poder estudiar lo que querían, ni mucho menos criticar al régimen? Con la ayuda de muchas cucharas y tazas escarbaron, durante seis meses, un túnel de 12 metros de profundidad por 145 metros de largo, el cual llegaba hasta una panadería del otro lado del muro. Primero, pasaron veintisiete personas, sin nada de equipaje para no despertar sospechas. Los pobres estudiantes tuvieron que caminar quince minutos entre el lodo y aguas negras (popó, pipí y demás porquerías) hasta lograr su objetivo. Al otro día, unas horas antes de que la Stasi, la policía secreta, descubriera el túnel, se escaparon treinta jóvenes más. Se volvieron tan famosos en todo el mundo que los empezaron a llamar los del "Túnel 57", el último que se construyó con tanto éxito. Después, la Stasi construiría sus propios túneles paralelos a la frontera, para detectar los ruidos de otros posibles escapistas. Era tal la desesperación de muchos de estos alemanes, que no faltó el que se saltara de la ventana, el que brincara el muro con una garrocha o el que se metiera en el motor de esos cochecitos tan feos fabricados en la Unión Soviética, un Moskvitch, con tal de escaparse. Lo peor era cuando los capturaban, primero los juzgaban, enseguida los encarcelaban, para después canjearlos a la RFA por dinero. Pero mi huida predilecta fue la que sucedió en 1979: dos familias amigas decidieron fabricar un globo de Cantoya. ¿Se acuerdan de que les enseñé uno que está en uno de sus libros de Julio Verne? Bueno, pues juntaron muchas sábanas, las cosieron a unos impermeables viejos y fabricaron un enooooorme globo de aire caliente. En él se fueron por los aires hasta Baviera, que está en el sur de Alemania, sin que la policía secreta pudiera atraparlos. ¿Verdad que fue una idea maravillosa?

Por eso, queridos nietos, cuando por fin cayó el Muro de Berlín en 1989, todo el mundo estaba feliz, finalmente los alemanes se unían. Su derrumbe significaba la derrota de un régimen opresivo y totalitario. Incluso hoy, los alemanes lo recuerdan con cierta frustración... Ayer, la canciller, que es como la presidenta de Alemania, Angela Merkel, dijo con una enorme sonrisa frente a más de cien mil personas: "Es un día de fiesta, no sólo para Alemania, sino para toda Europa. Hoy celebramos el valor y la voluntad inquebrantable de miles de personas en la RDA...". Fíjense, queridos nietos, que Angela vivió en el lado este desde que tenía muy poquitos meses de nacida, entonces, ella sí sabe perfectamente lo importante que era unir las dos Alemanias.

¿Saben qué fue lo más bonito de la fiesta de ayer, aparte de los fuegos artificiales? El momento en que el exdirigente polaco Lech Walesa levantó su dedo pulgar y tiró la primera de las mil fichas de un dominó de más de 2 metros de alto. Cada una de estas fichas tenía un dibujo hecho por niños, artistas e intelectuales de todo el mundo: todas empezaron a caer en cascada representando el desplome del Muro. Allí, estaba la ficha pintada por mexicanos con unas figuras de nopal. (Ojalá que un día también nosotros podamos derrumbar el muro de 1,200 kilómetros que divide a México y Estados Unidos.)

Espero que, cuando sean grandes, vayan a Berlín y visiten la puerta de Brandenburgo, piensen que por culpa de un muro muchas abuelas no pudieron consentir a sus nietos, pero sobre todo se vieron imposibilitadas para alertarlos acerca de lo terribles que son las guerras y sus tristes consecuencias, como fue el caso de la Alemania dividida.

Los quiere,

Mamalú

Abuelos y Navidad

17 de diciembre de 2009

Siempre he pensado que la Navidad fue hecha, en primer lugar, para los niños y, en segundo, para los abuelos. Por opuestas que nos parezcan, sin la presencia de estas dos generaciones las fiestas navideñas no resultan tan lucidoras como cuando las celebran abuelos y nietos juntos. Para la socióloga francesa y especialista en las tradiciones de todos los tiempos de la Navidad, Martyne Perrot, en el siglo XIX la historia de la infancia y la de la vejez ofrecen para el historiador "una curiosa simetría". Para esas fiestas eran los abuelos los que creaban la verdadera unión entre las familias burguesas. Bastaba con que empezara esta época para que cobraran, como en ningún periodo de su vida, un rol sumamente especial: el de testigos y garantes de la sucesión de las próximas generaciones. Eran los héroes romanescos y favoritos de los cuentos de Navidad, y eran también los protectores y los salvadores de la infancia huérfana y abandonada. ¿Cómo olvidar los cuentos de Navidad del escritor inglés Charles Dickens? ¿Cómo no recordar en estos días su maravilloso cuento *A Christmas Carol* (1843)? Pero, sin duda, mi cuento preferido era "La niña de los fósforos" de Hans Christian Andersen. Cómo lloraba cuando Antonia, mi hermana mayor, me leía el cuento de uno de los tomos del *Tesoro de la Juventud*:

—¡Abuelita! —exclamó la pequeña—. ¡Llévame, contigo! Sé que te irás también cuando se apague el fósforo, del mismo modo que se fueron la estufa, el asado y el árbol de Navidad —se apresuró a encender los fósforos que le quedaban, afanosa de no perder a su abuela; y los fósforos brillaron con luz más clara que la del pleno día. Nunca la abuelita había sido tan alta y tan hermosa; tomó a la niña en sus brazos y, envueltas las dos en un gran resplandor, henchidas de gozo, emprendieron el vuelo hacia las alturas, sin que la pequeña sintiera ya frío, hambre ni miedo. Estaban en la mansión de Dios Nuestro Señor.

Ahora que ya me convertí en abuela me gusta mucho más, y hoy como nunca siento deseos de leerles el cuento a mis nietos, especialmente a María, de tres años, a quien por cierto le encanta jugar con los cerillos. Me pregunto si al escuchar el relato, ¿también lloraría con la niña de los fósforos? No hay duda de que, hoy por hoy, las "abuelitas" posmodernas nada tienen que ver con las abuelas como las imaginaba Andersen; las de ahora ya no usan chonguito ni son canosas ni arrugadas ni mucho menos jorobaditas. Si traspasáramos el cuento de Andersen a nuestros días, seguramente la abuela aparecería en el halo de la luz de los fósforos, vestida con un par de jeans Calvin Klein, botas Ferragamo y muy restiradita, gracias a las manos del doctor Infante. Es evidente que, en lugar de emprender el vuelo hacia las alturas, lo más seguro es que nieta y abuela lo emprenderían a cualquier centro comercial, pero no para estar "en la mansión de Dios Nuestro Señor", sino en la mansión del Diablo, es decir, en todas las tiendas departamentales que ofrecen 6, 12 y hasta 18 meses sin intereses.

"La aparición del niño(a) como actor principal de la fiesta de Navidad tiene lugar en la época del siglo XIX. Muy pronto, el niño(a) se convertirá en el pretexto perfecto para reunir las generaciones. Pero junto con él (ella) son los abuelos los que ocuparán un lugar muy especial. Es así que la historia de la infancia y la historia de la vejez son una simetría curiosa; tal como lo constata Philippe Aries, los abuelos se vuelven los 'educadores designados por el niño(a)', como lo precisa Claudine Attias-Donfut. En el ideal de la familia burguesa, la Navidad es la celebración más representativa y en la cual estas dos generaciones 'excluidas de la sociedad plenaria' tomarán un papel predominante", escribe Martyne Perrot en su espléndido ensayo: "Navidad, la majestad de los abuelos", publicado en el libro *Le siècle des grands-parents* (editorial Autrement).

¡Vaya responsabilidad la que tenemos los abuelos, en especial en esta época, con los nietos! ¡Ojalá que no los consintiéramos tanto ni los abrumáramos con tantos regalos! Si, en efecto, somos "la generación faro", como se nos llama, aprovechemos ese privilegio para transmitirles, además de nuestro amor, todas las enseñanzas que obtuvimos de nuestros propios abuelos. Por ejemplo, el gusto por nuestras tradiciones navideñas, tanto en lo que se refiere a la comida como en la literatura o en la música. Como abuelas, ¿por qué no hacerlos descubrir quién es realmente el abuelo, ese hombre, un poco reservado y tímido? ¿Qué pasa con los abuelos de las parejas divorciadas? ¿Qué pasa con los abuelos de nietos huérfanos o abandonados? ¿Qué pasa con los abuelos muy pobres, ya jubilados y que no tienen dinero para comprarles los regalos a sus nietos? ¿Qué podemos hacer con los abuelos que no están cercanos con sus nietos y viceversa? Y, por último, nos preguntamos: ¿qué les pasa a esos abuelos que están en los asilos y que sus nietos no van a visitarlos ni siquiera en Navidad?

Carta a mis tres reyes

5 de enero de 2010

Queridos nietos:

Así como fui, por instrucciones de los tres, portadora de su respectiva carta para Santa Clos, así les pido que entreguen esta misiva a uno de los Reyes Magos. Gracias a su intervención, tal vez me presten un poquito más de caso que otros años. Por otro lado, temo que sigan ofendidos con su abuela por las cosas que he escrito a su respecto. Hace algunos años, osé decir que los Reyes Magos no eran tres ni eran reyes, ni estuvieron en el pesebre, ya que la Biblia jamás menciona la palabra *magos* ni el número 3, ni tampoco menciona sus nombres. En otra ocasión, concluí que debido a la diferencia de sus respectivas ideologías (PRI, PAN y PRD), lo más probable es que estarían enojados entre sí y que, por lo mismo, su magro presupuesto había tenido que dividirse entre tres, lo cual hacía prácticamente imposible satisfacer las expectativas de las y los niños mexicanos. Pero seguramente la que más los ha de haber enfurecido de todas mis ocurrencias, fue la que me atreví a tener el año pasado, al dirigirme a tres súper reinas magas, segura de que ellas, pertenecientes al género femenino, sí harían todo por

121

cumplir mis deseos. El Rey Mago que más me preocupa respecto a la opinión que pueda tener de su abuela es Baltasar. A pesar de que es el más joven, es el más cascarrabias de los tres y, sobre todo, es sumamente rencoroso. No sabe perdonar. Tengo entendido que cuando se enoja, sus hermosos ojos azul violeta echan chispas y se vuelven rojos como los leños encendidos de su chimenea. No sé dónde leí que, como era un gran astrólogo, supo adueñarse de la estrella que los había guiado hasta Belén, gracias a la cual ahora es un rey multimillonario, al grado de que ha estado varias veces a punto de encabezar las listas de la revista *Forbes* de los hombres más ricos del mundo; si no ha aparecido es porque Melchor y Gaspar le han suplicado que no se mencione su nombre por miedo a un posible secuestro. Es tan rico pero tan rico, que no faltan las malas lenguas que aseguran que lava dinero, o bien es socio de un jeque árabe, dueño de muchos pozos petroleros.

Queridos nietos, no obstante el carácter tan explosivo de Baltasar, les pido que, por favor, le entreguen a él mi carta, porque dada su fortuna tan colosal, a diferencia de los otros dos Reyes Magos, él sí tiene con qué responder a mis demandas. Sé que están curiosos, curiosísimos, por saber qué pido en mi carta. En esta ocasión no le pediré cosas ni para mí ni para ustedes ni para sus papás ni mucho menos para sus tíos. ¿Saben qué pido? Medicinas, toneladas de medicinas para nuestro país que está extremadamente enfermo. Como saben, primero le diagnosticaron un catarrito, y ahora resulta que tiene una pulmonía terrible. Para colmo de males, nietos bonitos, fíjense que sus riñones ya no le responden, además presenta tumores en diversas partes de su organismo y el corazón padece de arritmia. Dicen los doctores que en un caso como el suyo habría que tomar una combinación de medidas, desde cirugía hasta quimioterapia. Pobrecito México, porque hacía años que no había estado así de grave. ¿Verdad, niños, que no podemos dejar que nuestro país se enferme de más

122

en más? ¿Verdad que no podemos permitir que se muera de septice-mia, una enfermedad terrible caracterizada por una infección gene-ralizada de la sangre? ¿Verdad que entre todos nosotros; entre niños, jóvenes, adultos, abuelitos y abuelitas de México, lo tenemos que salvar absolutamente? Lo que me da pavor es que el jefe de los médicos, que se llama el doctor Felipe Calderón, y los demás galenos se sientan re-basados por su ineptitud y que no puedan salvarlo. Me da pavor que tomen decisiones totalmente descabelladas. Pero lo que me da más pavor es que no se den cuenta, no nada más de su mal físico, sino del espiritual, es decir, del estado tan deteriorado en que se encuentra su alma. ¿Cómo explicarles a estos médicos que México también está enfermo del alma? De allí que piense que lo único que puede salvarlo, además de las medicinas, es un poder ¡¡¡mágico!!! Un poder que segu-ramente sí tiene Baltasar y que tiene que ver con el amor. ¿Ahora en-tienden por qué es importante que le entreguen a él la carta?

Entregar a mano la misiva no es nada más su misión, queridísimos nietos, para poder curar a nuestro enfermo; ustedes también tienen que pedirle algo muy especial a Baltasar. Le tienen que pedir mucho amor para su país. Si realmente quieren salvarlo, tienen que crecer queriéndolo y cuidándolo mucho. Si realmente lo quieren ayudar, pri-mero lo tienen que conocer a fondo, tienen que descubrir su historia, cuáles son sus costumbres y sus tradiciones. Tienen que saber qué es lo que le gusta comer, pintar y recitar. En otras palabras, lo tienen que valorar y respetar. ¿Se dan cuenta que éste es el único país que tienen? ¿Verdad que si todas las niñas y los niños, los papás y los abuelos de México pidieran este 5 de enero amor para su país, comenzaríamos el año curándolo, aunque sea un poquito? No se olviden darle un beso a Baltasar de mi parte.

Amorosamente, su abuela

Una abuela laica

22 de abril de 2010

Nací católica, apostólica y romana, pero sobre todo guadalupana. Crecí con un padre juarista y una madre totalmente porfirista. Me eduqué en un colegio de monjas. De adolescente, no faltaba a misa los domingos y le rezaba a san José para que un día pudiera casarme "bien', con un "niño bien" y poder así, ser una "señora bien". A Dios gracias, me escuchó, y me casé súper bien, gracias a la bendición del padre Pérez del Valle; el mismo que solía poner su mano santa frente a la pantalla de cine cada vez que salía un beso en el ciclo de películas del Club Vanguardias. Casada, poco a poco me fui alejando de la Iglesia, sin embargo, mis tres hijos fueron bautizados. Cuando crecieron no dudé en inscribirlos en una escuela laica, el Liceo Franco Mexicano en donde es optativo hacer o no la primera comunión. Andando el tiempo, me divorcié y me volví a casar. Hoy por hoy, tengo tres nietos bautizados; y ellos, una abuela que ya no cree en la Iglesia y que cada día está más convencida en los tres elementos centrales de un determinado régimen: el respeto de la libertad de conciencia, la autonomía de lo político frente a lo religioso e igualdad de los individuos y sus asociaciones ante la ley, así como no discriminación, cuya definición de laicidad aparece en el libro *El Estado laico*, de Roberto J. Blancarte. Dice el autor que no puede haber "una real laicidad sin una democracia constitucional y una democracia, para ser tal de manera cabal, requiere ser laica". Algo que es muy importante, en relación con lo anterior, es que la laicidad no es una imposición, al contrario, la laicidad supone "el respeto a los derechos humanos de todos y en particular el respeto de los derechos de las minorías, sean éstas religiosas, étnicas, de género, por preferencia sexual, etcétera". Por lo tanto, la laicidad surge como respuesta a una sociedad cada vez más plural, ávida por respetar los derechos de todos. La laicidad está por la libertad de conciencia y por la igualdad de todas y todos los ciudadanos, sin discriminación. Para lograrlo, existe un requerimiento fundamental, "que el Estado laico tenga una autonomía real frente a cualquier doctrina religiosa o filosófica específica, con el objeto de garantizar el bien común y el interés público".

Hace 153 años, el 11 de abril de 1857, se expidió lo que se conoce como la "Ley Iglesias". Esta ley formó parte del primer grupo de leyes liberales, que creían en la necesidad de conducir a la patria "por las vías del todo nuevas de las libertades de trabajo, comercio, educación y letras, tolerancia de cultos, supeditación de la Iglesia al Estado, democracia representativa, independencia de los poderes, federalismo, debilitamiento de las fuerzas armadas, colonización con los extranjeros de las tierras vírgenes, pequeña propiedad, cultivo de la ciencia, difusión de la escuela y padrinazgo de los Estados Unidos del Norte", como dice el historiador mexicano Luis González, en el capítulo "La Reforma" del libro *Historia mínima de México*. Por su parte, los conservadores pedían exactamente lo contrario. El primero de los siete puntos de su ideario, sintetizado por Alamán, era: [Queremos] "conservar la religión católica… sostener el culto con esplendor… impedir

126

por la autoridad pública la circulación de obras impías e inmorales". El último de los siete puntos menciona lo que decían los conservadores, pero que tal vez muchos piensen actualmente, debido al estado en que se encuentra nuestra patria: "Perdidos somos sin remedio si la Europa no viene pronto en nuestro auxilio".

La Ley Iglesias, autoría del ministro de Justicia, Negocios Eclesiásticos e Instrucción Pública, José María Iglesias, es una de las Leyes de Reforma, la cual regulaba "el cobro de derechos parroquiales, impidiendo que se exigieran a quienes no ganaran más de lo indispensable para vivir, e imponía castigos a los miembros del clero que no la observaban". ¡Uy, cómo se enojaron los conservadores, pero sobre todo los padrecitos con esta ley! Era evidente que con estas leyes se afectaba el poder de la Iglesia católica, la cual durante trescientos años hacía lo que se le daba la gana respecto a asuntos totalmente ajenos a la fe cristiana. Pero aún faltaba lo mejor para los liberales. En 1859, una vez trasladado su gobierno a Veracruz, Juárez promulgó las otras reformas que tenían que ver con la Ley de la Nacionalización de los Bienes del Clero; la Ley del Matrimonio Civil, la cual establece que el matrimonio religioso no tiene validez oficial; la Ley del Registro Civil, declarando así los nacimientos y defunciones al Estado; la Ley de Exclaustración de Monjas y Frailes, la cual prohibía la existencia de claustros o conventos; y, por último, la más importante, la Ley de Libertad de Cultos. Esta ley permitía que cada persona fuera libre de practicar y escoger el culto que deseaba. También prohibía el que se realizaran ceremonias fuera de las iglesias o templos.

La Guerra de Reforma duró tres años. En enero de 1861, los liberales vencen a los conservadores y Juárez regresa triunfante a la Ciudad de México.

Por todo lo anterior, soy una abuela orgullosamente laica.

Abuelas bien 2010

13 de mayo de 2010

Para Carmen Aristegui

El domingo pasado se cumplieron cincuenta años de la aprobación de la Píldora (con mayúscula) en Estados Unidos por la Administración de Alimentos y Medicamentos (FDA), acontecimiento fundamental que cambió por completo la concepción de las mujeres. Entonces, las ahora abuelas bien mexicanas, que ese año de 1960 su edad oscilaba entre 20 y 30 años, ni se enteraron de este gran descubrimiento. Si acaso unos años después se empezó a hablar en su círculo social sobre el tema de la Píldora, siempre era con curiosidad, culpa, pero sobre todo con temor. Como buenas católicas, apostólicas, romanas, educadas en colegios de monjas (muchas de ellas al enterarse de que ya existía la Píldora repensaron sus deseos de hacerse monjas) y con los ejemplos de sus respectivas madres y abuelas, el uso de la Píldora las desconcertaba tremendamente. "Ay, muchas mujeres van a empezar a engañar a sus maridos." "¡Qué peligroso eso de la Píldora, porque las jóvenes van a perder su virginidad antes del matrimonio!" "Ya va a ser una acostadera tremenda." "Las mujeres van a ser como los hombres", etcétera, etcétera. Para no embarazarse cada año, lo único que se permitían estas niñas bien era el método del ritmo, pero como para algunas no funcionaba, por ser irregulares, no tenían de otra más que recurrir a la abstención, especialmente las más devotas.

¿Cómo eran las abuelas bien de hoy en la década de los sesenta? ¿Hablaban de esto con sus maridos? ¿Cómo respondían estos juniors alemanistas ante la posibilidad de planear la familia con más eficacia y con mejores resultados que como lo aconsejaban los sacerdotes?

Las más modernas y liberales, educadas en Estados Unidos, como por ejemplo en el Ramona College de California, eran más abiertas y, sin duda, estaban mejor informadas que sus amigas educadas en colegios locales. Las primeras ya habían leído la novela *Peyton Place*, de Grace Metalious, de 1956. No hay que olvidar que este libro relata las vicisitudes y los problemas de una madre soltera, y que guardaba el secreto atemorizada de que la descubrieran; a la vez que le exigía a su hija, producto de su pecado, un comportamiento que ella no tuvo.

Esta novela impresionaba mucho a estas niñas bien porque conocían casos de amigas cercanas que se habían embarazado antes del matrimonio y habían sido cobardemente abandonadas por el novio. Puesto que el aborto no se pensaba como una solución, muchos padres de estas "desgraciadas" hacían pasar al bebé como hijo(a) propio. Obviamente, estas jóvenes sabían que en su medio tan conservador había mucha hipocresía, mucha injusticia, mucha incomprensión, pero especialmente mucho miedo. "¿Te das cuenta del desprestigio social que esto significa? ¿Qué va a decir la gente?" "¡Qué poca vergüenza!, ¿cómo pudiste haberle hecho esto a tu padre y a tu hermano?" "Ni modo, nos vamos a San Diego y allí tienes al bebé." ¡Cuántas familias de los trescientos y algunos más pasaron por esta situación…! Por todos estos antecedentes, la gran mayoría de estas señoras recomendaba a sus hijas tomar la Píldora, pero, eso sí, no a las solteras.

La revista *Time* del 3 de mayo y cuya portada está dedicada a The Pill, dice que: "Para 1967, no eran muchas las jóvenes que corrían a comprar la Píldora. Muchas se encontraban incómodas con la idea de la premeditación; *nice girls* [las niñas bien fresa] podían ser arrastradas por la pasión del momento, pero no tomaban precauciones. En cambio, con las notorias *fast girls* [las niñas bien liberadas] el consenso, tanto de médicos como de sociólogos, es que una chica que es promiscua con la Píldora, también lo sería sin ella. En una conferencia en un centro vacacional californiano, un siquiatra les preguntó a treinta madres si permitirían que sus hijas adolescentes tomaran la Píldora. Unas cuantas dijeron que no, la mayoría estaba indecisa y una admitió que disolvía la Píldora en el vaso de leche de su hija, en el desayuno", escribió el semanario estadounidense.

Por otro lado, muchas de estas ahora abuelas optaban por mejor no meterse en la vida sexual de sus hijos. De ahí que nunca se tocara el tema… Sin embargo, entre sus amigas empezaron a hablar de las ventajas de la Píldora. "Eso sí, no pienso llenarme de hijos como mi mamá." "Me estoy llevando fatal con mi marido, no me voy a embarazar con un tercero." "Soy una mujer divorciada, y no quiero más hijos, así es que gracias The Pill, ¡viva el sexo!"

Hoy por hoy, ¿cómo son las abuelas empildoradas, es decir, aquellas que diez años después de haberse descubierto la Píldora ya se acostaban con el novio y las recién casadas que desde el primer mes se protegían? Estas abuelas bien 2010, que eran jóvenes en los setenta, ahora son las primeras en aconsejarles la Píldora a sus hijas, a sus nueras y, naturalmente, hasta a sus nietas. Incluso las acompañan a la farmacia para comprarlas. "¿Qué marca usas, m'hijita?" "¿Verdad que no nada más tomas la Píldora los fines de semana?" "¿Quieres que también compremos algunos condones?" "¡Que diga misa el papa, pero a tu edad, m'hijita, ya tienes que tomar la Píldora!"

131

México-Francia

17 de junio de 2010

Querido Andrés:

Acabas de cumplir dos años el domingo pasado, y ya veo en ti un gran jugador de futbol. En tu fiesta, mientras jugabas este deporte con tu padre, me percaté de tu gran estilo. ¡Qué manera de pegarle a la pelota! ¡Qué coordinación y qué nervios de acero tienes para controlar el balón! En tanto te observaba, admiraba tu habilidad; me quedé estupefacta al ver cómo cruzabas tu pierna por encima del balón para cambiar la dirección y así engañar a tu papá, que en esos momentos era tu oponente.

Como sabes, mi queridísimo nieto, hoy juega México-Francia. ¡Qué dilema tenemos tú y yo! Ambos somos franceses, nacidos en México. ¿Quién queremos que gane? ¿A cuál de los dos equipos le echaremos más porras? "*Allez les bleus, allez les bleus!!!*", a Francia, o bien, "¡¡¡Mé-xi-co, Mé-xi-co!!!". Qué paradoja la nuestra, porque así como cantaremos *La Marsellesa* a todo pulmón, igualmente cantaremos "Mexicanos, al grito de guerra…". Así es la vida, querido Andrés. ¡Cuántas veces no tendrás que elegir, seleccionar y escoger entre dos situaciones, dos novias, dos trabajos y dos caminos a seguir! ¡Cuántas veces te verás en la necesidad de renunciar a una opción que te parece menos buena por inclinarte a otra! Y cuántas veces te irás a equivocar. Como decía Calderón de la Barca: elegir es renunciar.

¿Qué hacemos, Andrés? ¿Rezarle a la Virgen de Guadalupe o la de Lourdes? ¿Celebrar con *champagne* o con tequila? ¿Tener como botana, mientras vemos el juego, chicharrón o un quesito Camembert en su punto? ¿Ponerse la " verde" o la "azul"? ¿Acordarnos de la batalla de 5 de mayo o cuando De Gaulle dijo en el balcón de Palacio: "Marchemos con la mano, en la mano"? Pobre de ti, Andrés, porque tienes que quedar bien con la familia de tu papá, pero también con la de tu madre. No faltará una tía que de pronto grite en tu presencia: "¡Qué malos son estos franchutes…!". No te ofendas, Andrés. No busques pleito. No caigas en provocaciones. Hay que ser generosos. Piensa que tenemos el privilegio al tener doble nacionalidad de poder gritar con toda nuestra alegría: "¡¡¡goooooooooooooool!!!", así lo ponga el equipo de Francia o de México.

Por otro lado, piensa, Andrés, que el compromiso que tenemos tú y yo, tanto con Francia, como con México, no se compara con la presión que tiene el Tri. No te olvides que la Selección Mexicana jugará con un equipo que ya fue campeón mundial en 1998. Recuerdo que, entonces, la estrella era Luis Hernández, después de haber metido cuatro goles en la justa, convirtiéndose así en el máximo anotador mexicano en copas del mundo. ¿Nunca te he contado que tu abuela asistió a ese campeonato y a todos los partidos? Jamás olvidaré cómo celebraron los franceses su campeonato a lo largo de los Campos Elíseos y por todas las calles de París. "*Nous sommes champions du mooooooooooonde!!!*", vociferaban a todo pulmón. ¿Te imaginas qué pasaría en México si efectivamente ganáramos en esta ocasión el campeonato? Todo cambiaría en nuestro país, sería tanto nuestro orgullo que ya nadie querría ir a trabajar a Estados Unidos, se duplicarían las inversiones extranjeras, el turismo se incrementaría notablemente, Javier Aguirre se convertiría en héroe nacional y tal vez, en un futuro, sus restos reposarían en la Columna de la Independencia, el dólar estaría a 6 pesos, nuestra autoestima se elevaría hasta los cielos, la historia de nuestro país se dividiría en A.C. (antes del campeonato) y D.C. (después del campeonato), Felipe Calderón sería recordado como el mejor presidente de la República (nos referiríamos a él como el presidente del campeonato) y el PAN se eternizaría en el poder, se rendiría el Chapo Guzmán, Salma Hayek regresaría a México a filmar películas y telenovelas, y su marido, François-Henri Pinault, traería todos sus negocios a México, se mandarían a hacer centenas de estatuas de Cuauhtémoc Blanco y la foto de Rafa Márquez aparecería en todos salones de todas las escuelas de la República mexicana, el "Chicharito" Hernández se convertiría en el galán más codiciado de México, las empresas de tequila y de cerveza no se darían abasto con la demanda, se construiría otra basílica para la Virgen de Guadalupe, los cárteles empezarían a invertir en estadios y, por último, cerrarían el Paseo de la Reforma por la fiesta a lo largo de tres años. ¿Te imaginas, Andrés, en qué estado tan lamentable terminaría nuestro Ángel de la Independencia? Acabaría tirado en el suelo, con las alas todas machucadas y con la camiseta de la Selección.

Pensándolo bien, lo mejor sería que empatemos 1-1, que Francia le gane a Sudáfrica y México a Uruguay, así pasarían nuestros dos países. ¿Y si perdemos, Andrés? Pues tenemos que hacer nuestras maletas y regresarnos, no con la cola entre las piernas, sino con la frente bien en alto, porque te diré lo obvio: lo importante no es ganar, sino competir. Si gana Francia, ambos estaremos muy contentos, pero nada más un cincuenta por ciento.

Ánimo, Andrés, y que gane el mejor.
Te admira como el gran futbolista que eres,

Tu abuela GL

La abuela y el fut...

29 de junio de 2010

Queridos nietos:

El domingo por la tarde, después del juego fallido entre Argentina y México, me preguntaron desconsolados: "¿Por qué perdimos?". En esos momentos no supe qué contestarles. Sentí vergüenza. De pronto se me vino encima toda la historia de mi país. Era como si una manada de dinosaurios, como los que les gustan, vinieran hacia mí en estampida. Me transporté desde la Conquista hasta la pérdida de la mitad de nuestro territorio. Vi a Moctezuma ofreciendo oro a Cortés, vi la bandera de Estados Unidos ondeando en el Palacio Nacional, vi a Maximiliano en el Castillo de Chapultepec, vi a Porfirio Díaz negociando nuestro petróleo con compañías extranjeras, vi a miles de migrantes intentando escalar el muro que separa la frontera entre México y Estados Unidos, vi una hilera de bancos mexicanos con nombres globalizados, y por último vi a Javier Aguirre gritando en un megáfono desde España: "México está jodido". No podemos soñar con ser campeones del mundo. Lo más lejos que llegaremos es un lugar entre el décimo y el decimoquinto. ¿Se dan cuenta, queridos nietos, de que el mismo entrenador que gana como 4 millones de dólares por entrenar al Tri, calificó a su propio equipo como mediocre? ¿Cuánto resentimiento le han de haber guardado muchos de ellos cuando se enteraron de estas declaraciones? No me imagino al entrenador del equipo alemán diciendo que sus muchachos son una bola de perdedores. Bueno, ni Maradona, que es tan bocón, se atrevería a decir algo semejante.

"¿Por qué perdimos?", repetí despacito, cuando me preguntaron, como dándome tiempo para hallar una respuesta congruente que satisficiera a un niño de siete años. Ay, queridos nietos, perdimos porque nunca hemos estado bien preparados. Hubo tantas razones que nos hicieron perder, que no sé por cuál comenzar. Imagínense, que el equipo mexicano es uno de los de más baja estatura; mientras que los jugadores alemanes pueden llegar a medir hasta dos metros, los del Tri, en promedio son chaparritos. Creo que también falló el espíritu de equipo, es decir, juego de conjunto, entre los once jugadores no hubo comunicación. Te he de decir que en México, por lo general, no sabemos trabajar en equipo, se nos dificulta mucho ponernos de acuerdo. Se nos dificulta jalar parejo. Claro que el director técnico tuvo mucho que ver en esta derrota. Incluso, él lo reconoce. Dijo que en vez de haber entrenado trece meses sin parar como dice haberlo hecho para Sudáfrica, debió haber trabajado cuarenta y ocho. ¿Cómo es posible que ahora admita esto, a sabiendas que ya eran cuatro veces que le sucedía lo mismo? El Tri no alcanza a pasar de octavos de final.

Saben también, queridos nietos, lo que hizo que perdiéramos fue la falta de concentración. Ustedes que acaban de pasar de año con muy buenas calificaciones, jamás lo hubieran logrado si en clase y al hacer la tarea y los exámenes no se concentraran debidamente. Concentrarse significa pensar y dedicarse a una sola cosa, con un solo objetivo, sin distraerse. Sin ver la tele, sin jugar al Nintendo y sin que vuele

138

su mente a la época de los dinosaurios. El equipo mexicano no se concentró. Pero no lo hizo, no solamente durante los partidos, sino mucho tiempo antes. ¿Sabes en qué ocupaba su tiempo en lugar de entrenar y de entrenar? En hacer sándwiches. Seguramente han visto muchas veces el comercial en la tele que dice: "Haz sándwich", promoviendo además del pan Bimbo, la dispersión y, lo que es peor, la obesidad. Por eso en Twitter y en Facebook, los cibernautas escribían desesperadamente: "Haz goles, no sándwiches". Si le suman a las presiones que traían el domingo, el hecho de que no se concentraban, entonces los resultados no podían ser otros. ¿Ahora entienden cuán importante es enfocarse en una meta, sin distraerse? Si no me creen, pregunten a los jugadores alemanes. Ellos, cuando juegan tienen una estrategia simple, juegan concentrados, forman un equipo, son altos y fuertes, y su única meta es meter goles. No creo que ellos hagan comerciales ni que se distraigan con tantas entrevistas y mucho menos, les interese apoyar al gobierno en turno. Incluso, equipos como Brasil, país que se parece más a nosotros en la forma de jugar futbol, ya han sido campeones del mundo ¡¡¡cinco veces!!! No se trata solamente de habilidad, que sí la tienen, sino que se trata de concentración, disciplina y orden. Los alemanes y los brasileños sí tienen la camiseta puesta. Fíjense, queridos nietos, qué interesante; ninguno de estos dos equipos ha cambiado de uniforme; el alemán blanco con negro y el brasileño con la clásica camiseta verde y amarillo. ¿Cuántos uniformes ha tenido el Tri?

Por cierto, queridos nietos, van varias veces que los he escuchado decir "sí se puede", según ustedes porque lo dice Obama, a quien tanto admira su papá. Déjenme decirles que el lema del presidente de Estados Unidos es más bien, *"Yes, we can"*. Lo cual quiere decir: "Sí podemos", lo que es muy diferente del "sí se puede". "Sí, podemos..." tiene que ver con el trabajo de conjunto, tiene que ver con creer en tu equipo y tiene que ver con un proyecto de nación. Cuando dices "sí se puede" no estás adquiriendo responsabilidad. Seguramente piensas que el trabajo lo hará alguien más y cuando dices: "no se pudo", la culpa es de otro.

Ya no estén tristes, queridos nietos, y concéntrense en sus vacaciones.

Su abuela GL

El pulpo adivino

13 de julio de 2010

Mis queridísimos nietos:

Hace cerca de dos semanas que no los veo. ¿No habrán pasado en realidad dos años desde que nos despedimos y les dije en la puerta de su casa: "¡Adiós, niños! ¡Felices vacaciones!"? Qué tanto padeceré su ausencia, que siento como si una mano negra y peluda hubiera recortado el sol del cielo, dejando en su lugar un agujero oscuro y frío. ¿Será por eso que las nubes se ponen a llorar todas las tardes? Claro, también ellas están tristes. Bueno, dejémonos de sentimentalismos (cursilerías, diría Enrique, mi marido) y hablemos de un tema que sé que es de un gran interés, especialmente para Tomás y Andrés: ¡el futbol! Respecto a su hermana, quiero pensar que se inclina más por el cuidado de sus múltiples muñecas, así como por los juegos de mesa como la lotería y "Memoria". Sin embargo, podría meter mi mano al fuego porque los tres, junto con sus papás, bisabuela, tíos, tías y todos sus primos franceses, vieron la final entre Holanda y España. ¿A cuál de los dos le iban? Con muy buen tino, Paul y yo apostamos por España. Sí,

141

me refiero a Paul, el pulpo adivino. Seguramente ya oyeron hablar de él, ya que su fama ha trascendido por todo el mundo.

A pesar de que Paul nada más tiene dos años, puesto que nació en Inglaterra 2008, ha sido contratado como adivino en muchas competiciones internacionales como fue la Eurocopa y ahora en el Mundial de Futbol 2010. No me lo van a creer, sin equivocarse una sola vez en este Mundial, Paul atinó a todos los resultados. Esto, niños, no les debería sorprender, pues han de saber que el pulpo es el invertebrado (que no tiene huesos) más inteligente de todos. Según el director del acuario Sea Life, Paul demostró muy pronto una inteligencia muy particular. ¿Saben ustedes cómo se dio cuenta? Por la forma tan especial que tenía para mirar a los visitantes. Como saben, los pulpos tienen ocho tentáculos, de allí que en inglés se les llame *octopus*, así como la canción de los Beatles, y que Ringo Starr la canta así: *"I'd like to be under the sea in an octopus's garden in the shade…"* (Quisiera estar, bajo el mar en el jardín del pulpo, a la sombra…). (Díganle a su papá que se las cante. Estoy segura de que se la sabe de memoria, porque yo se la cantaba cuando tenía su edad.)

Respecto a los dones de Paul, hay muchos aguafiestas que opinan que sus predicciones fueron de pura chiripa. Son éstos los que no soportaban que se dijera que Paul era la verdadera estrella del Mundial. Llegó a ser tan famoso que incluso en el canal británico de tele, la BBC, dos presentadores empezaron a pelearse por la nacionalidad de Paul; el primero decía que era inglés, y el otro afirmaba que era alemán. No me lo van a creer, pero hasta el entrenador del acuario de Oberhausen dijo que Paul se encontraba bajo constante vigilancia para que no lo mataran… ¿Se dan cuenta hasta dónde puede llevar la envidia? Y todo porque se trata de un pulpo adorable, súper inteligente, que como ustedes es un gran aficionado al futbol. Con decirles que algunos aseguraban que Paul estaba influido por sus cuidadores y que le decían al oído cosas como: "Fíjate bien, Paul. Tus tentáculos tienen que quitar la tapa de la urna donde aparece la bandera de España, porque de lo contrario... puedes terminar convertido en un delicioso pulpo a la provenzal". ¡Pobrecito de Paul, si no hubiera atinado quién terminaría como campeón del mundo, habría acabado sus días ahogado en agua fría, para enseguida cortarle sus tentáculos, extraerle la boca y los ojos! Después lo hubieran golpeado con una pala de madera para ablandarlo. No me quiero imaginar cómo hubiera sufrido mientras se freía en una cazuela a fuego lento, cubierto con sal y pimienta, entre cebollas finamente cortadas y tomates. Y todo, para terminar en un platón enorme, espolvoreado con perejil picado. Pero afortunadamente Paul sí le atinó y se salvó. Tengo entendido que ya lo jubilaron con un extraordinario currículum con el cien por ciento de aciertos en el Mundial 2010. ¿Se imaginan lo cansado que se ha de encontrar intelectualmente? Me pregunto si le pasarán una pensión, o si le propondrán hacer una película con Spielberg, director del filme *Tiburón*, que por cierto fue un gran éxito.

Por último, permítanme recomendarles varios libros en donde el pulpo es un personaje fundamental. En primer lugar está "el gran pulpo viviente" de la novela *Moby Dick*. Díganle a su papá que les lea *Veinte mil leguas de viaje submarino*, de Julio Verne, en donde aparece "un cefalópodo [pulpo], de una milla de largo, que se parecía más a una isla que a un animal". También existe un poema de terror dedicado a un pulpo de Alfred Tennyson, una novela de Victor Hugo y un cuento tiernísimo de Julio Cortázar.

Antes de despedirme, mis queridísimos nietos, les quiero contar un chiste: "¿Qué le dice un pulpo macho a un pulpo hembra? Te doy mi mano. Mi mano. Mi mano. Mi mano. Mi mano. Mi mano. Mi mano". Ahora que están los tres en la playa, les sugiero que al bucear en el mar se fijen muy bien si no anda por allí un pulpo. Si así fuera, pregúntenle quién será el próximo presidente de México. Mientras tanto les envío muchos abrazos, besos y un chorro de tinta negra...

GL

Para mi tocaya

14 de octubre de 2010

Querida Lu:

En realidad, debería escribir tu nombre completo, lo que sucede es que tu mamá ha decidido llamarte "Lu", porque dice que "Guadalupe" es muy largo para una pequeñita que apenas tiene dos días de existencia. Sí, Lu, naciste el martes 12 de octubre de 2010, a las 8:20 p.m. Eres mi nieta, la primera bebé de Lolita, mi hija, y de Carlos. No te puedes imaginar lo felices que están los dos con tu llegada al mundo. Están como iluminados por una luz muy especial. A ambos les brillan los ojos de puritita alegría y su sonrisa es tan amplia que estoy segura de que por la noche terminan con dolor de quijada. ¿Sabías que hacía mucho tiempo que te estaban esperando? Llevaban más de cuatro años hablando de ti, imaginándote y cambiándote de nombre cada ocho días. Más bien, comenzaron a imaginar a ese primer bebé, hace dieciséis años, es decir, desde que eran novios. Déjame y te cuento. Se conocieron en 1992, en una fiesta de cumpleaños. Tengo entendido que no fue amor a primera vista, sino hasta dos años después que sí se dio el flechazo en un "mega reventón" en un hotel de la Ciudad de México. A partir de ese momento, no se han separado ni un solo minuto; con decirte que tu papá estuvo presente en el quirófano durante el parto y eso que solía desmayarse cada vez que veía correr sangre. Su historia de amor es verdaderamente llamativa, especialmente en la época en que vivimos. Al casarse, en lugar de irse a un departamento convencional ya sea de Polanco o de la colonia Condesa, decidieron irse a vivir al campo (a las afueras de Valle de Bravo), para estar más en contacto con la naturaleza y para ocuparse de tiempo completo al cultivo de sus plantas y hacer jardines. Así es que, mi pequeña Lu, te espera un pequeño paraíso, en el cual crecerás en medio de flores, árboles frutales y un arroyo que fluye a todo lo largo del jardín. Estarás muy cerquita de las luciérnagas, ranitas, grillos, catarinas y caracoles. Por las noches querrás tocar las estrellas y por el día, te alumbrará un sol radiante. ¿Te das cuenta de la suerte que tienes?

"Lu, la Libra" será quizá la consigna en tu vida, ya que tu signo de zodiaco es Libra. Tu horóscopo dice que las niñas nacidas bajo este signo son amables, tranquilas y sociales. Que rara vez causan problemas en el ambiente familiar y que saben adaptarse a cualquier tipo de circunstancias. Además, siempre están dispuestas a ayudar y a escuchar al otro. Por lo general, los y las Libra son personas muy inteligentes y curiosas. Les encanta la música y la lectura. Desde que son pequeños, les gusta jugar en solitario y pasarse horas en silencio. Su único defecto es que son muy, pero muy indecisos. Creo que sufren de una indecisión crónica y que jamás hay que presionarlos. ¿Sabes también quién es Libra? Tu primo Tomás, quien ayer, por cierto, cumplió ocho años. Por mi parte, no me preocupa que seas indecisa, porque estoy segura, como te dije líneas arriba, Lu, la libra...

Déjame decirte, mi queridísima Lu, que naciste en un día muy, muy importante. El 12 de octubre, Día de la Raza, llamado así por el descubrimiento de América por Cristóbal Colón, se celebra la coronación de la imagen de la Virgen de Guadalupe. Precisamente el martes, se cumplieron ciento quince años de que el arzobispo de México, don Próspero María Alarcón, le puso una corona de oro a la Guadalupana. También es un año muy importante, 2010, porque se celebran doscientos años de la Independencia y cien años de la Revolución. Además, ese mismo martes en que viste la luz primera, también la vio –después de casi setenta días de estar bajo tierra– una parte de los treinta y tres mineros chilenos que quedaron atrapados después de un derrumbe en la mina de San José. Es decir, que mientras salías del vientre de tu madre, Florencio Ávalos salía del vientre de la tierra, que también es una mujer. ¿No te llaman la atención tantas casualidades, todas ellas tan milagrosas? No hay duda, Lu, estás predestinada para hacer cosas muy importantes. Con esos dedos tan largos que heredaste de quién sabe quién, podrías llegar a ser una gran pianista, o una espléndida pintora. Con esos labios tan carnosos y bien formaditos, podrías llegar a ser una bellísima artista de cine o una modelo cotizadísima. Con esa frente tan amplia y clara, podrías llegar a ser una gran intelectual o una maravillosa poeta. Y con ese nombre tan emblemático para los mexicanos, podrías llegar a ser la Guadalupe más famosa de todas las Lupes y Lupitas que existen. No te puedes imaginar lo venerada que es tu virgen en tu país. Ya verás las fiestezotas que te esperan cada 12 de diciembre y cada 12 de octubre.

Por último, mi querida nieta, tengo que darte una noticia no tan buena como las anteriores. Si te la comunico, no es para aguarte la fiesta, sino para que te vayas preparando… ¿Sabes?, la vida no es toda de color de rosa –como está cubierto tu maravilloso moisés hecho de ratán por manos vallesanas–, a veces, desafortunadamente, también es de color de hormiga, como las que viven en tu jardín. Me apena mucho decirte, Lu, que has llegado al mundo con una deuda, producto de la enooooooorme deuda exterior de tu país. ¿Sabes cuánto debe México? Tres billones, 577 mil millones de pesos. Es decir, que a tres días de nacida, ya debes, 1,540 dólares. ¿Te das cuenta? No te preocupes. Yo los pagaré por ti. A ver cómo le hago, porque, como el país, también yo estoy perennemente endeudada.

Siento que ya te quiero, mi querida tocaya.

Mamalú

El museo

3 de marzo de 2011

Queridos nietos:

Les tengo una súper noticia. ¿Adivinen qué? El martes se inauguró un nuevo museo muy cerquita del Liceo Franco Mexicano. Basta con que atravieses Ejército Nacional y camines unos seiscientos pasos para que te encuentres a las puertas del Museo Soumaya. Está tan cerca de su colegio, que estoy segura de que desde la ventana de su clase perciben el enorme edificio. Imagínense una proa gigantesca de un buque, cubierta por 16 mil espejos hexagonales, a punto de zarpar (dicen que es como un Boing apachurrado de 43 metros de altura). El museo tiene 28 columnas alrededor que cargan toda la fuerza del edificio. El arquitecto Fernando Romero es prácticamente un chavo y está considerado como el arquitecto latinoamericano más exitoso. ¿Se dan cuenta, queridos nietos, de cuántos dibujos arquitectónicos ha de haber trazado para finalmente llegar al plano del proyecto definitivo? El museo tiene seis pisos en espiral, mismos que subí corre y corre por una rampa padrísima hasta llegar al último piso (yo subí solita, porque Enrique se quedó en la planta baja; estaba totalmente engentado por los seiscientos invitados). Enseguida me fijé que allí no había ninguna columna y que el techo estaba totalmente suspendido, es decir, que su propio peso es lo que balancea toda la estructura hacia dentro, convirtiéndose así en lo que se llama un "ecosistema orgánico". No me pregunten qué es porque no sé. Sería bueno que le preguntaran a su señor padre lo que significa. Según el arquitecto, la forma del museo tiene que ver con las esculturas del escultor francés Auguste Rodin, el artista más importante del Museo Soumaya.

¿Que por qué se llama así? Porque así se llamaba la esposa de Carlos Slim, Soumaya Domit, quien muriera en 1999. ¿Se acuerdan de que un día les platiqué que Slim era el hombre más rico del mundo y que tenía 53 mil 200 millones de dólares? Ustedes me preguntaron por qué, y yo les conté que porque desde que era chiquito ahorraba sus "domingos" y que en las comidas familiares vendía agua de limón y dulces. También les platiqué que escribía en un cuaderno todo lo que ganaba y ahorraba. Claro, a partir de ese día, empezaron a pedirme su "domingo", cada vez que me veían, el cual metían íntegro en su alcancía. Por cierto, ¿cuánto llevan ahorrado? Ya me dirán. No nos distraigamos, queridos nietos, lo que les quiero decir es que la Fundación de Slim es la dueña de la Plaza Carso, que mide 17 mil metros cuadrados, y que todas las pinturas y objetos de arte que tiene el museo suman 66 mil obras. Soumaya, como también se llama su hija, es la directora y esposa del arquitecto. "Sumi", así la llaman sus amigas, adora las esculturas de Rodin y de Camille Claudel, por eso el museo tiene muchísimas piezas que hablan de su amor.

Ay, queridos nietos, me muero de ganas de llevarlos al museo para que conozcan todas estas maravillas y les platique cómo acabó, de tanto amor, la pobre de Claudel. A partir del 28 de marzo, que es cuando el museo abrirá sus puertas al público, iré por ustedes al colegio.

Rápido, rápido comeremos unos taquitos deliciosos en Sanborns para que después admiremos juntos las pinturas de Tintoretto, el Greco, Rubens, Picasso, Renoir, Gibran, Miró, Dalí, Van Gogh, Monet, Cézanne, Matisse, Da Vinci y Murillo. Asimismo, les mostraré las obras de Diego Rivera, José Clemente Orozco, Siqueiros y el Dr. Atl.

Pero ahora, déjenme decirles lo más padre de todo. ¿Qué creen? Va a ser gratis. La entrada no va a costar ni un centavo. ¿Se dan cuenta de que vamos a poder entrar y salir todas las veces que queramos y cuando queramos y a la hora que queramos? En la inauguración, a la que también fue el presidente, Margarita Zavala, Gabriel y Mercedes García Márquez y Larry King (el periodista que le gusta mucho a su papá), fue muy claro Carlos Slim al decir: "Este museo será siempre gratuito, podrán entrar las personas sin pagar nada y la idea de coleccionar [la obra] fue tener disponible en México una colección para que muchos mexicanos que no pueden viajar fuera del país tengan acceso a este arte, a disfrutarlo y conocerlo". Estoy segura, queridísimos nietos, de que todavía hay muchísimos mexicanos que nunca han puesto un pie en un museo. Ahora, con el Museo Soumaya pondrán los dos, llevarán a sus hijos, a la abuelita, a los tíos, a los vecinos y hasta a la suegra (yo soy suegra de su mamá). Lo que más entusiasma a su abuela es que el museo está construido, no en la zona rica de la delegación Miguel Hidalgo (¿se acuerdan cuando fui candidata para diputada por esa zona y que llegué a visitar los dieciocho mercados?), como son Polanco y Las Lomas, sino en la más pobre y popular. Esto quiere decir que los jóvenes y los niños de Tlaxpana, Anáhuac y Tacubaya podrán visitar, gratis, el Museo Soumaya, en lugar de estarse ocupando del narcomenudeo, uno de los mayores problemas sociales que se vive en esa parte del distrito X. Lo mismo harán algunas abuelitas, que también están muy pobres y que viven solitas entre las 1,152 unidades habitacionales, muchas de ellas en un estado de verdad lamentable.

Bueno, queridos nietos, los dejo, al mismo tiempo que les recuerdo que durante las vacaciones de Semana Santa ustedes y yo tenemos una cita en el Museo Soumaya. Díganle a su mamá, a su abuelita, a Sarita y, si quieren, hasta a sus maestros, que también están invitados, al fin que es gratis...

Les debo varios domingos,

Mamalú

Lucía

15 de marzo de 2011

Mi nombre es Lucía y llegué a este mundo raro el 10 de marzo de 2011 a las 4:30 p.m. Mis papás y mis tres hermanos ya estaban desesperados por mi llegada. Los que también estaban nerviosísimos por conocerme eran mis abuelos, especialmente ellas, las dos abuelas. Nunca había visto una familia tan impaciente. Por lo que se refiere a la parturienta, dicen los doctores que la atendieron que se portó como una verdadera campeona. No me sorprende, es mi mamá. Su marido, es decir, mi señor padre, estaba feliz. Bueno, así se ve en las primeras fotografías que me tomaron. La verdad es que después de todo el esfuerzo y el estrés que significa un parto, yo no salgo tan mal. Al contrario, llegué muy entera y rozagante, "muy bien dibujadita", como dijera Mamalú, quien por cierto llegó al hospital ABC corre y corre. "¿Cuánto pesó? ¿Y cuánto midió?", preguntó, agitada. "Pesó tres kilos y midió 50 centímetros", respondió mi madre con cara de satisfacción. "¡Enhorabuena!", agregó la abuela. Cuando la enfermera me llevó a la habitación 1015, ya me estaba esperando toda la familia. Hasta eso me cayeron bien. Pero de todos, a los que más gusto me dio conocer fue a

153

mis hermanos. Como buen hermano mayor de ocho años, Tomás me pareció el más reflexivo y el más consciente de la responsabilidad que significaba el arribo de un nuevo miembro de la familia. María, de cinco años, tenía una sonrisa de oreja a oreja, por fin había llegado una hermana, amiga y futura cómplice. Por su parte, Andrés, de casi tres años, era el más desconcertado. De hecho, estaba demasiado ocupado con el iPad de mi papá como para darle la bienvenida a una niña más. Debo decir que después cambió de actitud, especialmente durante la sesión de fotos; cuando me tenía en sus brazos, lo vi muy contento.

Gracias al iPad de mi padre, puesto que allí buscó la información respecto al significado de mi nombre, todos nos enteramos que Lucía proviene del latín *lux* y que quiere decir: aquella que lleva la luz o aquella que nace de la luz. La verdad es que prefiero esta última interpretación. Pero lo que más me gustó fue que santa Lucía, una virgen siciliana del siglo IV, era la patrona de los ciegos, las prostitutas arrepentidas, los campesinos, los notarios y los modistas. Para los que no sepan, mi santo se celebra el 13 de diciembre. Ese día se reza una de las tantas oraciones dedicadas a santa Lucía: "Con tu bondad, danos la capacidad de aumentar y preservar esa misma luz en nuestras almas, para que podamos evitar el mal, hacer el bien y aborrecer la ceguera y la oscuridad producto del mal y del pecado". Cuando Mamalú escuchó lo anterior, enseguida exclamó: "Ojalá que la rece el pobre de Calderón, porque me temo que cada vez está más ciego". Ignoro quién es "Calderón", pero ha de ser alguien muy importante, porque de inmediato se hizo un silencio un poco denso. Después de haber investigado todo lo que tenía que ver con la historia de santa Lucía, alguien preguntó qué "Lucías" famosas había en el mundo. Por supuesto, en primer lugar se evocó *Lucia di Lammermoor*, una ópera de Gaetano Donizetti basada en una novela de Walter Scott y que sucedió en Escocia. La obra narra la lucha entre dos familias. Ya tendré tiempo de escucharla en la versión de Maria Callas. "Lucía Méndez", dijo de repente la enfermera. De nuevo se hizo un silencio. ¿Quién será esta señora? Qué curioso que un guitarrista muy muy famoso se apellide con mi nombre, Paco de Lucía. También comentaron que había una canción de un intérprete llamado Joan Manuel Serrat que se titula "Lucía". Qué bonito. Tengo la impresión de que me gustará mucho la música. De todos los personajes que llevaban mi nombre, el que más me llamó la atención fue el de Lucy van Pelt. "Lucy, la de *Peanuts*", dijo una voz masculina. "Ella es la mejor amiga de Charlie Brown, es de alguna manera su contraparte. ¿Se acuerdan de que la autoestima de su amigo estaba por los suelos y 'la psicóloga Lucy' le da consulta por cinco centavos?" A pesar de que también se comentó en esa reunión que la pequeña Lucy en realidad era sumamente cruel, egocéntrica, ligeramente sádica, que no aguanta las bromas, que no soporta la alegría y que cree tener razón en todo, me interesó su personalidad, sobre todo por el hecho de que estuviera enamorada de un gran pianista, Schroeder. Cuando sea grande, tal vez estudie psicología y a lo mejor termino enamorada de un músico.

Finalmente, Mamalú recordó con mucha nostalgia a otra Lucy. Una artista norteamericana de los años cincuenta, que tenía una serie de televisión que se llamaba *I Love Lucy*. Ella se llamaba Lucille Désirée Ball Morton, mejor conocida como Lucille Ball, casada con Ricky Ricardo, interpretado por el cubano Desi Arnaz. Me gustó que en la vida real estuvieran casados.

Por último, diré que estoy muy contenta de haber llegado al seno de la familia de mi padre, ya que gracias a mi nacimiento las mujeres somos mayoría (somos tres nietas de Mamalú), tal y como sucede en mi país, el cual, estoy segura, muy pronto será gobernado por una mujer, quizá llamada "Lucía".

El regreso de los dinosaurios...

5 de julio de 2011

Queridísimos nietos:

Les tengo una súper noticia: ya están de regreso los dinosaurios, tema en el que son sin duda grandes expertos. No en balde cada vez que nos vemos, platicamos durante horas acerca de este grupo extinto de reptiles y les confieso que no hay ocasión en que no me impresionen sus conocimientos. En el caso de los mexicanos, ilusamente, pensábamos que ya estaban extintos pero, todo lo contrario, todavía existen, están vivitos y coleando. Como leí en uno de los tantos libros que tienen a propósito de fósiles, los dinosaurios responden al niño que todos llevamos dentro, tal vez se deba a ello que miles de ciudadanos mexicanos de cuatro estados de la República votaron para que regresaran los dinosaurios que dominaron el planeta hace doscientos millones de años, o sea, lo que lleva el PRI gobernando el Estado de México. Les he de decir, mis queridos nietos, que los dinosaurios mexicanos son únicos e irrepetibles: no los encuentras en ninguna otra parte de la Tierra. Algunos son tan increíbles que pensarías que nunca existieron. A

157

propósito de ellos, también se han escrito muchos libros y tratados. Se diría que no cesan de multiplicarse. Los de ahora son más feroces y tienen más mañas que sus antepasados, aunque muchos estudiosos consideran que el tamaño de su cerebro no ha cambiado; sigue igual de insignificante en relación con su larga cola. Ah, qué cola más larga tienen los dinosaurios mexicanos. Es tan larga, queridos nietos, que se la pasan pisándosela ellos mismos.

Para que me entiendan mejor, permítanme, mis queridos nietos, recurrir a los cinco dinosaurios que mejor conocen.

Dinosaurios Diplodocus. Como saben, queridos nietos, esta familia de dinosaurios vivió durante el periodo Jurásico superior. Los primeros fósiles de su descendencia mexicana fueron encontrados en la meseta central, en la región conocida como Atlacomulco de los Huesos. Los restos fueron hallados por la distinguida familia de paleontólogos alemanes. Uno de los esqueletos más completos que se han encontrado pertenecía al *Diplodocus*, de la variedad *Hank*. El esqueleto del *Profesor*, como lo llamaban, es sin duda uno de los más famosos, debido al gran número de exhibiciones que se han realizado en museos de todo el mundo. Este dinosaurio súper aterrador procreó un dinosaurio muy, muy, muy travieso. Nada le gustaba más que llevarse los huevos de los otros dinosaurios para cuando nacieran, quitarles la piel y mandarse a hacer con ella una colección de chalecos. Como el *Diplodocus*, los mexicanos también tienen el cuello y la cola larga y cuatro patas robustas.

Dinosaurio T. Rex. Si mi memoria no me falla, creo que un día me contaron, queridos nietos, que el *T. Rex* es un dinosaurio carnívoro que tiene un tamaño enooorme, puede llegar a medir hasta 13 metros de longitud y 5 metros de altura. Tengo entendido que este reptil era sumamente competitivo, no soportaba, como los dinosaurios mexicanos, que le robaran cámara. El *T. Rex* era tan feroz, que incluso un

158

investigador de la Universidad de Yale, Nick Longrich, encontró cuatro ejemplares con marcas de dientes, la mayor parte de estas morceduras estaba en las patas de sus posibles enemigos. "Los carnívoros actuales se comportan así todo el tiempo. Era una manera de acabar con la competencia…", asegura Longrich. Desafortunadamente, nuestros dinosaurios mexicanos también practican el canibalismo, pero el político. Lo más probable es que veamos este tipo de guerras, especialmente durante las elecciones presidenciales. Como han de saber, mis queridos nietos, en 2012 se elegirá el próximo presidente de la República y entre los dinosaurios que pertenecen a un partido llamado PRI se encuentran más de dos precandidatos.

Dinosaurio Pterodáctilo. Como me explicaron en una ocasión, su nombre significa "dedo alado", debido al largo dedo que sostiene su ala. Creo que de todos los dinosaurios, éste es el que más me gusta, porque tiene una cabeza pequeña y un pico dentado (tiene muchos dientes pequeñitos) muy puntiagudo. Me resulta muy simpático con sus tres garras y su dedo largo, largo que extiende hasta la punta de su ala. Entre los dinosaurios mexicanos, el más importante de todos pertenecía precisamente a esta categoría. Hace algunos años, solía señalar con su dedo largo, largo, quién lo reemplazaría como gran jefe de todos los dinosaurios. Este ejercicio, tan poco democrático, era conocido como el *dedazo*. Temo que ahora, con el regreso de los dinosaurios, retornemos a estas viejas y nefastas costumbres.

Dinosaurio Velocirraptor. Su nombre significa "ladrón veloz". Ay, queridos nietos, si supieran que este género de dinosaurios terópodos dromeosáuridos son los que más existen entre los dinosaurios mexicanos. Son terribles. Son los ladrones más veloces que te puedas imaginar. Tienen también tres garras, una alargada y curva en cada pata, la cual usan para perseguir a sus presas. Esta garra puede llegar a medir 65 milímetros de largo en su borde exterior y es, probablemente, una

159

herramienta capaz de acumular inmensas fortunas. Curiosamente, una de las características de los velocirraptores es que estaban cubiertos de plumas, lo cual los hacía parecer más amables cuando, en realidad, además de ser ladrones, son sumamente feroces. Pero eso sí, nunca de los nuncas pudieron volar, por eso siempre estaban muy enojados.

Me faltaría hablarte de los *Triceratops*, "el cara con tres cuernos", y de los *Stegosaurus*, "reptil con tejado". También estas categorías existen entre los dinosaurios mexicanos. De hecho, hay muchas otras, pero de ellas, ya te escribiré en otra carta. Por lo pronto, les confieso, mis queridos nietos, que les tengo más miedo a estos dinosaurios mexicanos, que a los que existieron hace millones de años. Un día comprenderán por qué…

El rey y el rey

20 de septiembre de 2011

Queridos nietos:

Les voy a contar la historia de un rey, que descubrió una forma distinta de conocer y vivir el amor. Es un cuento escrito por dos autoras holandesas que se llaman Linda de Haan y Stern Nijland, publicado por la editorial Serres. Originalmente fue editado en holandés, ha sido traducido posteriormente al inglés como *King & King* (2002), y al español como *Rey y rey* (2004); ah, y al catalán como *Rei i rei* (2004).

He aquí el cuento:

Érase una vez una anciana reina, un joven príncipe heredero y una gata con corona que vivían en lo alto de la montaña.

La anciana dama llevaba ya varios años reinando y estaba harta y muy cansada.

Un día decidió que antes del verano el príncipe debía casarse y ocupar el trono.

—¡Despierta! —le gritó la reina—. Tú y yo tenemos que hablar. ¡No puedo más!, ¡tienes que casarte y punto!

El príncipe apartó su desayuno. Se le quitaron las ganas de comer porque la reina hablaba… hablaba… hablaba y hablaba sin parar.

—No sé qué te pasa. ¡Todos los príncipes se han casado menos tú! A tu edad yo ya me había casado dos veces.

La reina siguió hablando hasta la noche y el príncipe, completamente mareado, por fin cedió.

—Está bien, madre, me casaré. Pero no conozco a ninguna princesa que me guste.

La reina se levantó de su asiento y brindó:

—¡Por tu felicidad!

Aquella noche, la reina buscó su lista de princesas y no hubo castillo ni alcázar ni palacio al que no llamara.

A la mañana siguiente, se presentó la primera princesa, la princesa Aria de Austria, quien interpretó una estridente ópera en honor del príncipe, pero antes de que acabara ya la habían echado.

La princesa Dolly llegó desde Texas haciendo malabarismos y magia (la única que se divirtió fue la gata)… pero la reina y el príncipe se aburrían.

La siguiente fue una sonriente princesa que llegó de Groenlandia, pero no impresionó a nadie.

Después llegó una princesa muy alta y delgada.

—¡Vaya con esos brazos tan largos! Seguro que puede saludar a todo el pueblo —dijo el príncipe.

Pero la princesa llamada Rahjmashputtin, de Bombay, empleó sus también largas piernas para salir corriendo del palacio.

La reina y el príncipe se miraron con tristeza. Ninguna de las princesas les había gustado.

—¡Un momento! —exclamó el paje—. Todavía queda una princesa. ¡Tachín tachín! Les presento a la princesa Magdalena y a su hermano el príncipe Azul.

De pronto, el príncipe se quedó sin respiración y su corazón empezó a latir.

Fue un flechazo. ¡Qué príncipe tan guapo! Y el príncipe Azul comentó lo mismo: "¡Qué príncipe tan guapo!".

Fue una boda muy especial. La reina lloraba sin parar.

Desde entonces los príncipes viven juntos. Como rey y rey, y la reina por fin pudo descansar.

Las bisabuelas

26 de septiembre de 2011

Queridos nietos:

Hoy les quiero platicar acerca de sus bisabuelas, la mexicana y la francesa: mamá Lola y Oma. Dos mujeres inteligentes y sensibles, pero sobre todo, muy buenas abuelas, cada una a su modo. Empecemos con mamá Lola, es decir, mi mamá. Contrariamente a Jacqueline, desafortunadamente doña Lola nunca los conoció. Estoy segura de que hubiera estado muy orgullosa de sus bisnietos.

Mamá Lola siempre le habló de tú a la vida. Para ella no había imposibles; bastaba con que se le metiera una idea a la cabeza para lograr sus metas. Una de las características de su personalidad es que no tenía pelos en la lengua; para ella lo más importante en la vida era la verdad. Allí radicó su mayor virtud y su mayor pecado: su verdad, frecuentemente, no correspondió con la de los demás. Y por decirla a los cuatro vientos, a lo largo de más de ocho décadas, mamá Lola se metió en muchos líos. "Bueno, pero ¿por qué se enojan conmigo si lo único que dije fue la verdad?", se preguntaba constantemente.

Lolita, como la llamaban cuando era niña, fue una excelente estudiante. Desde muy pequeña, y gracias a las monjas francesas del Colegio Francés, aprendió a amar a Francia; de este país se sabía de memoria geografía, historia y literatura. A sus nueve hijos los meció con la música de Charles Trenet, Jean Sablon y Patachou; por las noches, cuando los escuchaba, evocaba su *douce France* como si se tratara de su segunda patria. "Si es francés, tiene que ser inteligente", acostumbraba a decir. Fíjense, queridos niños ojiazules, que cuando mamá Lola cumplió sesenta años se inscribió en el Instituto Francés de América Latina (IFAL) para obtener su diploma de La Sorbona; sus maestros, madame Alberros, madame Legros y el escritor Jean-Marie Le Clézio (premio Nobel de Literatura) se conmovieron con esta alumna tan entusiasta y entregada a sus cursos. Cuando formulaban una pregunta a los alumnos, la primera en levantar la mano siempre era mamá Lola. *"Vous avez déjà repondu"*, le decían constantemente; pero era inútil, su pasión por hablar francés era más fuerte que ella y se pasó las clases con el brazo extendido.

El noviazgo de mamá Lola con papá Enrique, que fuera su marido por más de cincuenta años hasta que él murió, fue uno de los más conocidos de su época. "Eran los novios más enamorados que conocíamos", aseguran sus contemporáneos. Horas y horas se pasaba don Enrique recargado en un farol, esperando a que saliera su Dolores por la ventana. "¡Ya me voy porque mi papá es tremendo!", decía mamá Lola; temerosa de aquel padre exigente y autoritario. Tal vez él era la única persona a quien le tuvo miedo en su vida.

Mamá Lola y papá Enrique tuvieron muchos hijos, y con ellos muchas satisfacciones, pero también disgustos y problemas. Entre ocho mujeres, nada más tuvieron un hijo hombre; nacido el 10 de mayo, fue el mejor regalo de las madres que jamás recibiera mamá Lola.

"Ay, Enrique, ¿cómo vamos a casar a tanta mujer?", le preguntaba

166

mamá Lola a su marido en sus noches de insomnio. "No te preocupes, Dolores", le contestaba mi padre. Con el tiempo acabó teniendo razón: todas sus hijas se casaron. Pero bien dice el refrán que "genio y figura hasta la sepultura"; doña Lola luego se preguntó cuando no podía dormir: "¿Con quién se casarán mis nietas? Ay, Dios mío, que se casen con quien quieran, pero que no sean *pelados*". Y es que mamá Lola si algo odiaba eran los "pelados", las personas de poco entendimiento y los cursis. Cuando platicaba con sus nietas de sus novios, lo primero que hacía era preguntarles cómo se llamaban, de quién eran hijos y si tenían dinero. "Ay, niña, es que sin dinero no se puede hacer nada en la vida", comentaba siempre que podía a sus nietas.

Para mamá Lola lo más importante fue tener armas en la vida; por eso una de sus obsesiones fue siempre educar a sus hijos con ellas. Con muchos sacrificios, a todos los mandó al extranjero para que aprendieran idiomas. Bueno, es que mamá Lola era medio malinchista; como se dice, a ella le encantaba todo lo extranjero (especialmente lo francés). Sin embargo, adoraba Guadalajara, el mole poblano, las tortas de pavo de Los Guajolotes y los arrayanes. Muy seguido se pasaba temporadas largas en París, pero de pronto una buena mañana se despertaba: "Ya me quiero ir a México. Ya acabé de estar. Extraño mi casa, mis largas conversaciones telefónicas y mis telecomedias cursisísimas".

Una de las pasiones de mamá Lola, además de leer, era platicar con todo el mundo. Seguido se iba a desayunar a El Café del entonces Hotel Presidente Chapultepec. Allí platicaba con todos; con el capi, los meseros, los asiduos y hasta con gente que nunca había visto en su vida. "Y usted, ¿cómo se llama?", preguntaba de repente, si de casualidad veía a una persona sola que esperaba a alguien a un lado de su mesa. Mamá Lola también era muy simpática; le encantaba hablar de política, de los últimos libros que leía y de los logros de sus hijos. "Allí en El Café, me dijeron que ya se venía una devaluación." "Quién sabe quién me dijo que el próximo presidente va a ser tal…" "Y ahora que quiten los ceros, ¿qué vamos a hacer?", preguntaba a sus amigas de toda la vida por teléfono. Ah, cómo hablaba por teléfono mamá Lola, no podía dejarlo ni dos minutos; hasta su muerte, sufrió de una grave enfermedad que se llama "telefonitis". Como para su bisabuela no existía el reloj, podía perfectamente llamar a las seis de la mañana a una de sus hijas y preguntarle con una voz fresca y muy jalisciense: "¿Qué tienes de nuevo?". Lo mismo sucedía a las dos de la madrugada y si le recordabas la hora que era y le decías: "Mamá, ya estaba dormida", contestaba: "Pues qué aburrida eres".

Mamá Lola se despidió de nosotros un 8 de junio de 1993. A veces tengo la impresión de que se fue hace como una eternidad, y otras, me parece que nada más han pasado apenas unos días. Qué extraño es el tiempo, ¿verdad? Me he fijado que cuando tiene que ver con la ausencia de una persona muy, muy querida, al tiempo le gusta jugar; como que quisiera desorientarnos, confundirnos. En otras palabras: como que goza haciéndonos bolas con las fechas. ¿Saben cómo es este tiempo tan peregrino? Como el "chorrito", el de la canción de Cri-Cri; cuando quiere se hace grandote, o bien chiquito, según le plazca. Cuando la extraño mucho, ¿qué creen que hago para consolarme? Pongo los discos de Charles Trenet. Es un antídoto perfecto; al cabo de tres canciones (sus preferidas), créanme que tengo la impresión de que está enfrentito de mí. En estos momentos, por ejemplo, estoy escuchando a Patachou cantar precisamente *Douce France*…

Canto con Patachou y me acuerdo de Jacqueline, su bisabuela francesa. Como ustedes, ella también tiene el pelo muy rubio y los ojos más azules que el cielo de una mañana después de una lluvia torrencial. Oma ha sido la abuela más adorable que se puedan imaginar. El otro día le pregunté a Lolita qué recuerdos tenía de su abuela francesa. Me dijo que le había enseñado el nombre de los árboles, que

168

le había enseñado a cocinar crepas, que le había enseñado a tejer y la letra de las canciones francesas más tradicionales. Me fijé que cuando empezó a hablar de Oma, a Lolita se le iluminaron sus ojos azules: "Siempre ha sido una abuela sumamente solidaria y tierna. Sé que puedo contar con ella para todo. Ella no juzga, respeta. No critica a nadie. Sabe escuchar. Es una lectora voraz y le encanta viajar. Adora México, especialmente las pirámides y el sol. Lo que me llama mucho la atención es que a pesar de que Oma es viuda desde hace muchos años, no hay día en que no le platique a la fotografía de Opa, el que fuera su marido toda la vida, que se encuentra en un marco precioso que está en su mesita de noche. ¿Te das cuenta de que sigue enamorada de mi abuelo a pesar de que murió hace casi treinta años? Claro, como fue su único novio y era tan guapo, pues es normal que lo extrañe tanto. Así es Oma de fiel y de leal con sus afectos. Me encanta que sea tan discreta, que nunca se imponga, pero sobre todo, que sea tan educada. Como mamá Lola, también fue a un colegio de monjas, con la diferencia de que a Oma sí le gusta ir a misa. De niña me gustaba mucho acompañarla. Cuando reza, se le pone una expresión de absoluta paz, se diría que hasta rejuvenece. Sé que en esos momentos eleva sus oraciones para sus cinco hijos y sus respectivas familias, así como a sus hermanas y a sus dos nueras que murieron. Me gusta platicar con Oma porque siempre me cuenta cosas muy interesantes, como por ejemplo sobre la Segunda Guerra Mundial. Me contó que, en 1946, mi papá se enfermó de una infección muy grave. Entonces la familia vivía en Lyon, Francia, y no había penicilina; en su lugar le daban un medicamento que se llamaba sulfa, un antecesor de los antibióticos. Como entonces había escasez de gasolina, iban al doctor en bicicleta. Finalmente lo operaron, pero dice que para ella fueron unos días terribles. En esos años, se pasaba el tiempo tejiendo calcetines y bufandas para resistir los inviernos. A pesar de que Oma y Opa no tenían dinero, sus cinco hijos siempre estaban impecables. Sin duda, Oma es una abuela muy civilizada, nada frívola y para nada egoísta. Cuando mi hija cumpla tres años, pienso llevarla a París para que conozca a su bisabuela y le cante las canciones que me cantaba a mí".

Aunque muy diferentes entre sí sus bisabuelas se caían muy bien. Cuando se veían, pasaban horas platicando; mamá Lola de su amor a Francia y Jacqueline, del suyo hacia México.

La próxima vez que vengan a la casa, les mostraré muchas fotos de las bisabuelas cuando eran bellas y jóvenes.

Los quiere entrañablemente,

Mamalú

P. D. He aquí la receta de crepas de Oma:
Preparar la pasta dos horas antes de servir las crepas.
4 huevos
½ litro de leche
250 g de harina
1 cucharada sopera de aceite
1 cucharadita de vainilla

170

El primer cumpleaños

12 de octubre de 2011

Querida Lu:

Hoy, 12 de octubre de 2011, cumples tu primer año de vida. Se dice fácil, pero estamos hablando de 365 días con sus noches, de una existencia privilegiada, llena de descubrimientos y nuevas enseñanzas. En efecto, desde que naciste has estado de vacaciones en uno de los lugares más bonitos de Valle de Bravo, Estado de México: en Pipioltepec, es decir, en medio de un campo exuberante y tranquilo a la vez. No sabes cómo te envidio. Mientras que tu abuela vive en la ciudad más grande del mundo, en medio de un tráfico atroz, con apagones de luz, riesgos de quedarse sin agua, con pavor de que un día le roben su coche y, por si fuera poco, con una contaminación de aire y de ruido apabullante; tú en cambio, mi querida nieta, te despiertas por el trino de los pájaros y el quiquiriquí de uno que otro gallo que anda por allí, muy cerquita del pequeño río que bordea tu casa. Una vez que tu madre te ha dado de desayunar tu deliciosa avena con pedacitos de manzana (tienes un súper diente que muele como los aparatos de

Moulinex todos tus alimentos), cuando abren la puerta de la terraza, sé que con lo primero que tus ojos azules se topan es con una vaca, muchos borreguitos, varias gallinas y muchas mariposas (¿monarca?). ¡Cuántos animales!, porque claro, también están tus tres perros, los grillos y miles de insectos que cada mañana te esperan para darte la bienvenida a ese paraíso excepcional. Dice tu madre que todos los días sueles extasiarte ante tantas maravillas. Que lo demuestras moviendo alegre e intensamente tus dos piececitos, como si de pronto quisieras correr por toda la extensión del jardín. Sé que estás a punto de caminar, no obstante, prefieres gatear y lo haces a gran velocidad, lo cual te permite desplazarte sin ninguna dificultad por toda la casa y la terraza. ¡Cuánta libertad, pero sobre todo, cuánto contacto con la madre naturaleza!

¿Será gracias a todo este contexto y a los esmeradísimos cuidados de tus padres, que a tu primer año de vida hayas aprendido tantas cosas buenas? Sin duda. De otro modo, cómo te explicarías tu avidez por descubrir el mundo en el que vives. No hay nada que te guste más que leer tus libros con tu padre, especialmente aquellos que tratan de animales y plantas. Igualmente, disfrutas enormemente los juegos didácticos, como los cubos o los rompecabezas aptos para niños incluso hasta de tres años. "Es que es una niña muy precoz", me dice constantemente tu madre. Tiene razón. Sin exagerar, podría asegurar que, a pesar de tu cortísima edad, cuentas con una conciencia, no nada más de tu persona, sino de los demás. Sabes lo que te gusta y lo que te disgusta. Eres una apasionada de la música, escuchas con gran interés desde *hard rock,* pasando por los Beatles, corridos, boleros, hasta Mozart. Te encanta bailar, especialmente pasodobles con tu abuela. Pero… (siempre hay un pero en la vida) odias que te den de comer en la boca, como si aún fueras un bebé. A la hora de comer, lo que quieres es hacerlo solita, sin la ayuda de nadie. No importa si te cubres

172

completita con la sopa de espinaca que tanto te gusta (*mmmmmmm*, qué delicia); lo que te interesa es tomar tu cuchara y comer como hacen los grandes. Aunque tu madre lo considera como un imperdonable gesto de rebeldía, a tu abuela le parece como un acto de absoluta independencia y autonomía. ¡Bravo! Adelante, Lu, porque el que persevera alcanza. Ya llegará el día en que comas totalmente sola y con unos excelentes modales, sin ensuciar un ápice tu vestido. Ya llegará el día en que aprendas a comer alcachofas, espagueti y hasta ¡caracoles!

Hoy es un gran día, porque además de ser tu cumpleaños, es Día de la Raza. No habrá año en tu vida en que no se celebrará con bombo y platillo en todo el mundo, la fecha en que llegara Cristóbal Colón, un viernes 12 de octubre de 1492, a América, a una isla llamada Guanahani. Dicen que ahora es República Dominicana y Haití. En fin, mi queridísima nieta, ya aprenderás todo esto en tus clases de Historia. ¿Te das cuenta de todo, todo, todo lo que te falta por aprender para llegar a ser una ciudadana de bien? Por lo pronto, a partir de ahora, nada más te llevo sesenta y cuatro años. Lo malo es que cada vez te llevaré de más en más años. Eso sinceramente no me gusta. Para compensar esa enorme diferencia de edad que existe entre tu abuela y tú, te invito a que aprovechemos cada minuto que estemos juntitas y disfrutemos de todo corazón nuestra amorosa compañía. Por último, y hablando de fiestas, no te olvides, Lupita, que en dos meses exactamente festejarás tu santo, día de la Guadalupana. Otro festejo más que todo mexicano tiene en el corazón. ¡Muchas felicidades al cuadrado…!

Mamalú

Otro cumple más

13 de octubre de 2011

Querido Tomás:

Tengo la impresión de que hoy amaneciste distinto. Al despertar, quizá te sentiste menos ágil, como si algo te pesara sobre los hombros. "¡Qué raro!", te has de haber dicho, al mismo tiempo que mirabas alrededor de tu recámara. De pronto te acordaste de algo, de un asunto de suma importancia: ¿de tu tarea?, ¿de la última llamada de atención de tu maestra?, ¿de aquel nombre impresionantemente largo de un dinosaurio?, ¿del título de un libro que necesitas comprar para tus cursos de español? ¡No! Recordaste que hoy, sí, hoy, hoy (como diría un personaje cuyo nombre no quiero recordar...), hoy es tu cumple. En efecto, Tomás, hoy 13 de octubre cumples un año más. ¿De verdad ya tienes nueve años? ¿No te parecen demasiados? ¿Qué vas a hacer con todos esos años? ¿Venderlos? ¿Regalarlos? O simplemente asumirlos. ¿Te das cuenta, mi querido Tomás, de que eres casi un puberto, un adolescente, un *teenager*? ¡No, Tomás, no vayas a entrar, por favor, en lo que se conoce como la "edad de la punzada", es decir, en la etapa de

175

la rebeldía, chocantería y sangronería; en otras palabras, en la época más odiosa de la vida de un ser humano! Tomás, te prohíbo que cambies, te prohíbo que crezcas, pero lo que más te prohíbo es que te conviertas en el típico *junior*. Algo que me consuela y me tranquiliza respecto a mis preocupaciones por tu futuro emocional es que, sin duda, eres un niño muy inteligente, sensible y dueño de un gran sentido del humor, tres virtudes fundamentales para la vida. Con esas características, créeme que ya la hiciste, Tomás. (¿Te fijaste que en ningún momento mencioné que eres particularmente guapo?)

Te escribo este correo, que espero leas en el iPad de tu señora madre, para anunciarte que ya te tengo tu regalo (incluyendo tu sobrecito). Tal como me lo pediste, te compré una enoooooooooorme jaula para tu iguana ya que puede llegar a crecer mucho más que un metro. Compré la jaula con todos los aditamentos que se requieren para proteger y alimentar correctamente a una iguana. Le compré unas ramas gruesas para que las pueda escalar y tomar sus baños de sol sobre ellas. Le compré un pequeño recipiente para el agua, y otro para sus lombrices de tierra, grillos, papaya y flores de rosa (como tú, acuérdate que las iguanas odian las espinacas). No, Tomás, no se me olvidó su pequeña fuente para que pueda nadar. Además, le compré unas piedritas para el piso, cortezas de árbol y hasta un cactus para que se pueda refugiar. También le compré un collar con su correa para que la puedas pasear por todo el jardín. Si mal no recuerdo, las iguanas son de memoria muy corta, entonces tienes que hacer con ella varios ejercicios diarios hasta que se acostumbre a ti, y se acostumbre a que tú eres su amo, el jefe que manda. El señor que me atendió en la tienda de mascotas me explicó que las iguanas verdes, cuando son pequeñas, son sumamente rebeldes, porque dan de coletazos cubiertos de afiladas escamas y muerden muy feo. Debes tener mucho cuidado, Tomás, porque tienes que acostumbrarla a tu persona y a su nuevo hogar.

Deberás sacarla de su jaula, con todo cuidado, tomarla con la mano cerrada y acariciarle la cabeza, la espalda y todo el cuerpo. (Cuando seas mayor, veremos juntos una película que se llama *La noche de la iguana,* que aunque no tenga nada que ver con tu mascota, puede ser interesante…)

Me da gusto que te apasiones tanto por los animales y que sepas tanto acerca de su vida. Primero fueron los dinosaurios y luego, los reptiles. Te gustan tanto, tanto los reptiles que te pasas la tarde pintando iguanas, cocodrilos, tortugas, serpientes y víboras. ¿Será por eso que te gusta tanto el mar? Cuando tus padres te llevan a la playa, lo que más te gusta es bucear, bueno, también esquiar, pero el buceo te vuelve loco. Me pregunto si tus amigos Javier, Andrés y Fabrizio comparten contigo los mismos gustos. Si así fuera, los imagino a los cuatro convertidos en niños-rana, explorando mundos acuáticos ini-ma-gi-na-bles. Respecto a tus intereses, aparte de la lectura (te has leído todo *Harry Potter*), lo único que podemos compartir tú y yo es la pintura. A mí también me encanta pintar. De hecho, en el colegio era la única materia en la que era muy buena. Siempre me sacaba la medalla de dibujo. Cuando era cumpleaños o santo de la monja, yo era la encargada de pintar el pizarrón con motivos festivos. Pregúntale a tu papá, el mural que les pinté del *Petit Prince*, a él y a sus hermanos, en las paredes de su recámara. No es por nada, pero me quedó muy bonito. Te confieso que cada vez que los voy a ver a su casa, lo que más disfruto es pintar contigo. (Claro, siempre y cuando nos lo permita tu hermana María, a quien le fascina bailarme, durante horas, *Mamma mia!*)

Querido Tomás, nunca te he confesado cómo lamento no brincar contigo en tu maravilloso *tumbling*. Sinceramente temo caerme, romperme un hueso y acabar con un bastón. Cuando te veo brincar hasta más de dos metros, créeme que te envidio. Envidio la libertad y la seguridad con que lo haces. Envidio que puedas llegar tan alto hasta

177

tocar la copa de los árboles y envidio la forma en que lo disfrutas junto con tu abuela materna, quien al brincar, parece una jovenzuela de dieciocho años. Te prometo ejercitarme en mi casa y brincar y brincar en el colchón de mi cama, hasta lograr la elasticidad y la agilidad que se requieren y así poder brincar juntos, tan alto que nos permita tocar las nubes.

Como todos los años, mañana te llevo tu pastel de Sanborns con tus nueve velitas. Pasaré al Liceo Franco Mexicano por ti. Te prometo no preguntarte "¿cómo te fue en la escuela?", para que no te veas en la necesidad de exclamar: "No me estreses, Mamalú, por favor". Procuraré estar en la puerta lo más puntual posible, ya que odias cuando llego tarde. Asimismo, tomaremos muchos atajos para llegar muy pronto a tu casa, y no tener que toparnos con lo que más odias en la vida, ¡el tráfico!

Le desea a su nieto mayor, Tomás, muchas felicidades en su cumple de nueve años, su abuela que tanto, tanto, tanto, tanto lo quiere, respeta y admira.

Mamalú

Cuatro bodas

23 de octubre de 2008

Queridos nietos:

¡Hoy amanecí particularmente nostálgica! Como la tarde estaba muy fría, decidí quedarme en casa y ver viejos álbumes de fotografías de la familia. Con la primera que me topé fue con la foto de la boda de su tatarabuela. Allí estaba toda vestida de blanco con sus azahares en la mano y actitud de una Virgen dolorosa, pero en esos momentos feliz por haberse casado y así cumplir su destino, el único: casarse, ser madre y una buena abuela.

Permítanme platicarles acerca de las cuatro fotos que más me impactaron de todas las que vi. Curiosamente, las cuatro tienen que ver con bodas. Empecemos con la primera:

¡Qué nerviosa ha de haber estado su tatarabuela Lolita Villa Gordoa y López Portillo cuando por fin recogió su vestido de novia! Para ello tuvo que viajar desde Guadalajara, donde se casaría el 24 de febrero de 1911 en la iglesia de San José. De la estación San Lázaro se dirigió, con su prima Cuca, a la vieja sede del Palacio de Hierro, que se

179

encontraba en Venustiano Carranza y 5 de Febrero. Inaugurado en 1888, era entonces el edificio comercial más alto y más grande de la ciudad. "¡Quedó precioso!", le dijo, con una sonrisa cómplice, la legendaria costurera Antonia de la Rosa. Lolita, conmovida hasta las lágrimas, tomó el paquete envuelto en papel de China. No pesaba nada. Era un modelo estilo *Belle époque* confeccionado en shantung de seda con algunas caídas de satén. La falda estaba trabajada con bordados *frivolités* y tenía un blanco dorado con destellos maravillosos. El vaporoso velo de tul perfectamente bien doblado parecía como una pequeña nube. "No se te vaya a ocurrir mostrárselo a Rafael, dicen que es de mala suerte enseñarle el vestido al novio", le comentaba su prima, en tanto Lolita se deslizaba como si fuera sonámbula entre los mostradores del almacén. Lo único que faltaba recoger eran los guantes largos de cabritilla, los zapatos forrados de satén y las medias blancas de seda que usaría el día de su boda. Todo había venido desde París en cajas de cartón alquitranado para protegerlo del viaje que había durado más de cuarenta y cinco días. Entonces el director de la tienda departamental, Hippolyte Signore, coordinaba el arribo de todo tipo de mercaderías que procedían principalmente de Francia. Mientras la futura novia liquidaba su compra en una de las cajas, atrás de ella esperaba un jovencito perfectamente uniformado con gorrito y todo, casi un niño, cuya función era sostener sus compras ya que una señorita no debía cargar paquetes. Por su parte, la prima (pobrecita, porque ella sí nunca se casó, siempre fue la tía solterona cuya única misión en la vida fue cuidar a su madre) asombrada observaba las últimas novedades del departamento de sombreros. Cuando finalmente las dos salieron del almacén, la prima (no me lo van a creer, queridos nietos, pero dicen que tenía bigotes y usaba unos anteojos redonditos, redonditos, ¿ustedes creen que por eso nunca se casó?) le dijo a Lolita: "¿Sabías que doña Carmelita Romero Rubio de Díaz compraba toda su ropa en el Palacio de Hierro?". Dos días después regresaban a Guadalajara, donde la historia de Lolita Villa Gordoa y Rafael Tovar y Ávila apenas empezaba… (No se olviden de que gracias a esta pareja de novios ustedes están en la Tierra, así es que le deben un enorme agradecimiento…)

Veintitrés años después, su bisabuela, la hija mayor de Lolita y Rafael, anunció a sus padres que Enrique, su novio, le había pedido matrimonio. La boda sería el 14 de diciembre (1934) en la Sagrada Familia (la iglesia está junto a la Plaza Río de Janeiro, es decir, a unos pasos de donde vivo; por eso cada vez que escucho las campanas me acuerdo de mis papás vestidos de novios). Nada más tenían cuatro meses para los preparativos. "Mamá, tenemos que ir al Palacio a comprar la tela y mandarme a hacer el vestido con Antonia de la Rosa." La encargada del departamento de Alta Costura era madame Rostand, quien recientemente había sido contratada para ocuparse de los clientes especiales, especialmente de las "niñas bien" que en esa época eran las hijas o nietas de los *Trescientos* y algunos más… Cuando madre e hija llegaron con guantes y sombrero al taller de costura, ya las estaba esperando Margueritte Rostand. En primer lugar eligieron la tela: el mejor satén. Enseguida, entre una multitud de "figurines" (revistas como *Quién* y *¡Hola!*) decidieron por un sencillo diseño estilo *art déco*. "La cola tiene que ser muy importante, es el único detalle que llamará la atención", les dijo con su marcado acento francés madame Rostand. Finalmente, después de cuarenta y cinco minutos las tres llegaron a un consenso. Hay que decir que Lola, la novia, era de carácter fuerte y decidido. "Pero no quiero que me salga caro. El pobre de Enrique no tiene ni en qué caerse muerto", decía enérgicamente la que se convertiría en mi madre, acomodándose el velito de su sombrero. *"Mademoiselle, ce tissu est unique! Croyez-moi.* No hacemos rebajas". Pero Lola seguía insistiendo: "¿Con quién hay que hablar para que nos bajen el precio?", preguntó en tono desafiante. Lo que no sabía la novia era que el Palacio de Hierro hacía algunos años había terminado con la antigua costumbre de las tiendas españolas de regatear por la mercancía. "Yo conozco muy bien al señor Couttolenc. Sus hijas fueron conmigo al colegio." Por increíble que parezca, queridos nietos, doña Lola logró un pequeño descuento, y salió feliz a través de la gran puerta de bronce a la calle 5 de Febrero con una enorme sonrisa en el rostro... Contrariamente a su madre, lo primero que hizo al llegar a su casa Lola Tovar (nunca fue muy discreta que digamos) fue hablarle por teléfono a Enrique, su novio (entonces no había celulares ni tampoco iPad, para que hubiera podido comunicarse con él por esos medios). "Ya escogí el vestido. No va a salir caro. ¡Está precioso! A ver si la próxima semana me acompañas al Palacio de Hierro a las pruebas..." En efecto, en la foto del día de su boda, mamá Lola sale guapísima vestida toda de blanco. En las manos llevaba un ramo de rosas blancas largo, largo, que, de alguna manera, hacía juego con su tocado, una diadema de flores muy pequeñas. ¿Se acuerdan de que les he mostrado varias veces la foto donde aparecen sus bisabuelos a las puertas de la Sagrada Familia custodiados por cuatro damas de cada lado? Ignoro qué se hizo del vestido de mi mamá, porque nada me hubiera gustado más que casarme con el mismo. Bueno, a lo mejor no me hubiera quedado; cuando se casó su bisabuela pesaba ¡¡¡48 kilos!!! ¿Se dan cuenta? En cambio, cuando me casé yo pesaba... pesaba... ¡¡¡Adivinen!!! Cuatro kilos más que su bisabuela. ¡Hagan la suma, escriban el resultado en un papelito y la próxima vez que nos veamos, es decir, mañana, me lo entregan! El primero que acierte ganará un premio...

Nostálgica como estaba esa tarde tan gris y nublada, de pronto mis ojos se toparon con la foto de una joven súper guapa, glamorosa, elegante, sofisticada y delgadísima. ¿Saben quién era? ¡¡¡Le atinaron!!! Efectivamente, en 1970 su abuela, queridos niños, la séptima hija de

Lola y Enrique, se casaría en el mes de junio en la iglesia de San Jacinto en San Ángel. Debido a la fecha, la prometida quería llevar, absolutamente, un vestido en organdí. "Lo quiero del tipo del que usó en su boda Jacqueline Kennedy" (exmujer de Kennedy, expresidente de los Estados Unidos), suplicaba nerviosamente. Esta vez, madre e hija ya no se dirigieron al Centro Histórico. El padre de la futura novia las llevó al Palacio de Hierro de las calles de Durango, en la colonia Roma, inaugurado en marzo de 1958. Nada me pareció más natural, queridos nietos, que ir al Palacio donde a todas las novias de la familia les habían confeccionado su vestido. En esta ocasión nos dirigimos al moderno departamento de telas, donde todavía era costumbre seleccionar personalmente el género (tela) para la hechura del vestido de novia. Desafortunadamente para ese año ya había fallecido Antonia de la Rosa, y madame Rostand ahora estaba a cargo del pequeño departamento de artesanías; así es que doña Lola optó por dirigirse al señor Juan José Huerta, comprador del departamento de Damas. "A ver qué me puedes vender para el vestido de esta niña, pero que no sea caro", suplicó la madre. Dos horas después, en la plaza de las Jacarandas les entregaron veinte metros de organdí suizo y otros tantos de tul francés. Enseguida se fueron a la calle de Marsella, donde las esperaba Otilia, que increíblemente era la hija de Antonia de la Rosa, la misma costurera que cosió el traje de novia de Lolita Villa Gordoa. ¿Se dan cuenta de las vueltas que da la vida? Déjenme decirles que Otilia era una súper costurera, tenía dedos de hada. Me hizo un vestido muy, pero muy bonito, un poco al estilo 1900: de cuello alto, alforcitas al frente y un cinturón muy ancho. Como faltaba tela, su tía abuela, Eugenia, me hizo el favor de regalarme diez metros de organdí, también suizo, todo bordado. Gracias a ella, mi vestido de novia parecía como los que usan las princesas que salen en la revista *¡Hola!* La próxima vez que vengan a visitarme, les mostraré el álbum de mi boda.

La verdad es que esta carta-relato parece como la música del *Bolero* de Ravel, se diría que nunca termina y, sin embargo, llegó casi al final porque… treinta y cuatro años después, Lolita, la mamá de Lu, es decir su tía, anunció su boda con Carlos, su novio de toda la vida. Al comentar conmigo el tema del vestido lo único que dije fue: "Tenemos que ir al Palacio" (no crean que no le iba a proponer mi vestido, pero antes de que me atreviera a hacerlo ella ya me estaba diciendo: "Mamá, ni de chiste me voy a poner tu vestido. ¡Me parece horrible!". No me ofendí, me limité a ofrecerle su comentario al Señor y elevar mis ojitos al cielo). Felices como estábamos con la noticia de su boda, juntas sorteamos el tráfico hasta Santa Fe. Ya teníamos cita en el Salón Internacional. Aunque no nos esperaban ni madame Rostand ni Antonia de la Rosa ni el señor Couttolenc ni tampoco Juan José Huerta, ni mucho menos Otilia, ni teníamos que escoger telas ni tules ni bordados, nos mostraron más de diez vestidos pre-cio-sos de la marca española Rosa Clará. Lolita fue la novia más bonita y mejor vestida de esa temporada… era el año de 2004. Su foto vestida de novia se publicó en todos los periódicos, en todas las revistas, en todos los twitters y todos los facebooks.

Ahora me pregunto si alguna de mis nietas querrá casarse con el vestido de su madre o con el de su abuela. Por lo pronto les digo, con un enorme orgullo, que aún conservo en una caja china de laca el vestido de novia, los zapatos, los guantes, el rosario y hasta el misal con concha de nácar, que un día usó Lolita Villa Gordoa y López Portillo cuando se casó con Rafael Tovar y Ávila, ¡¡¡sus tatarabuelos!!!

Los quiere y extraña,

Mamalú

El álbum de la abuela

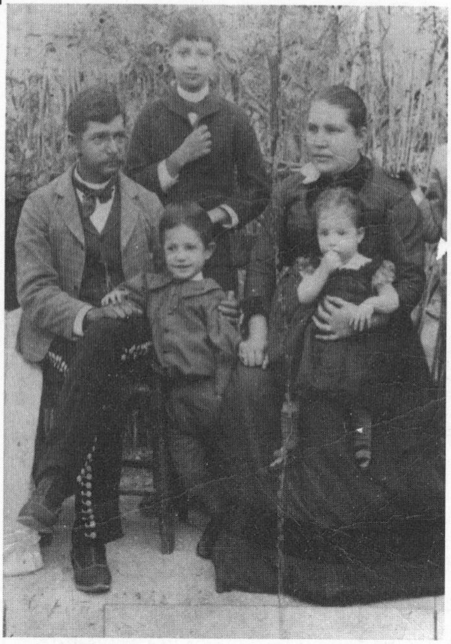

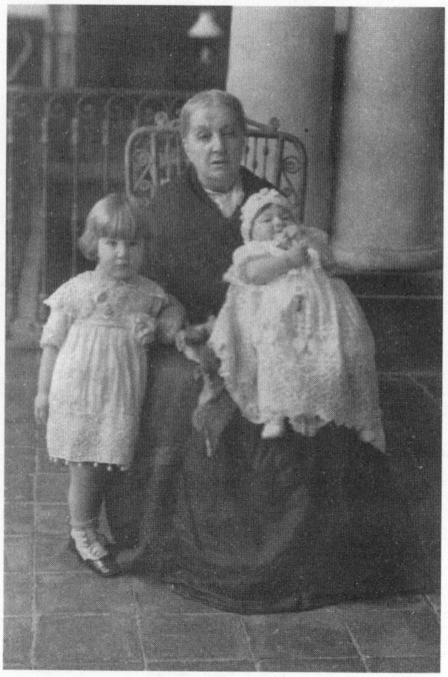

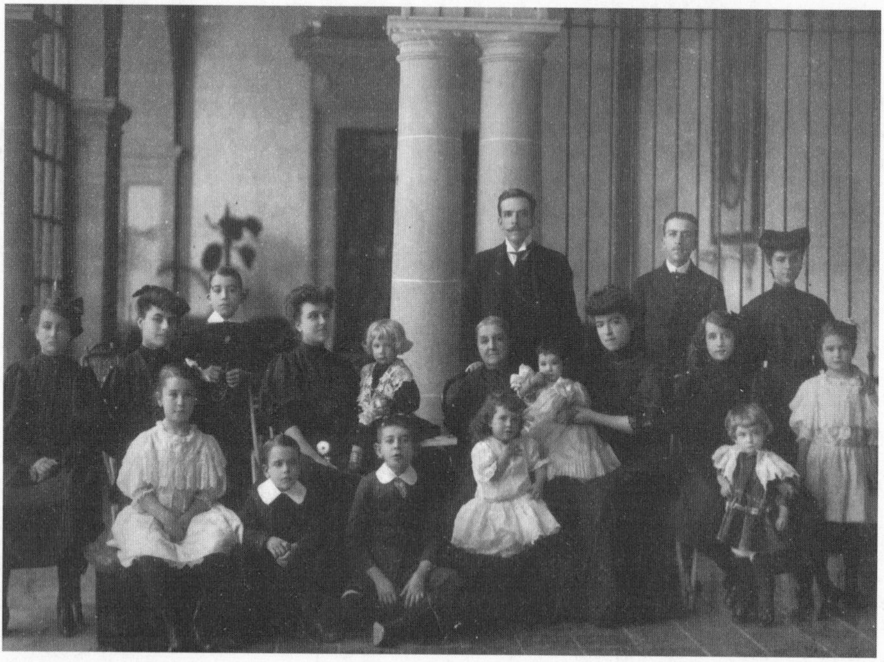

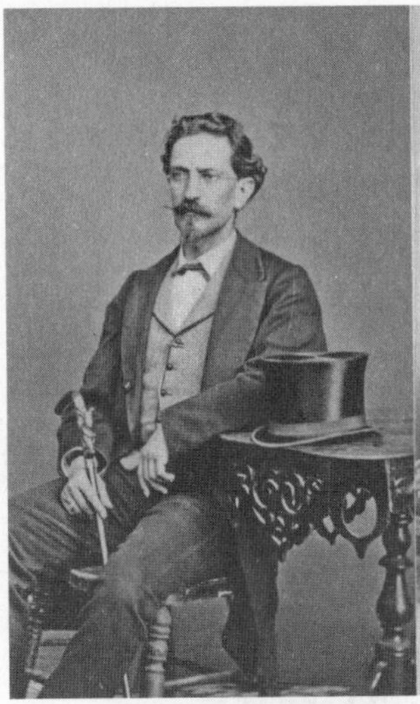
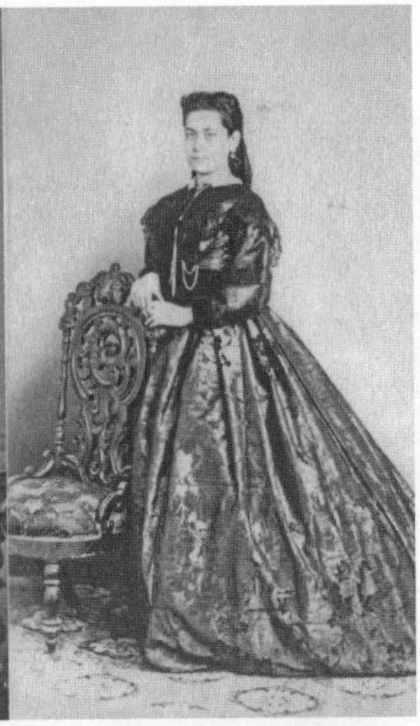
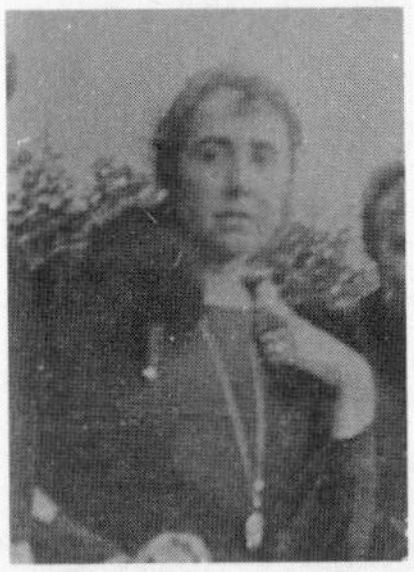
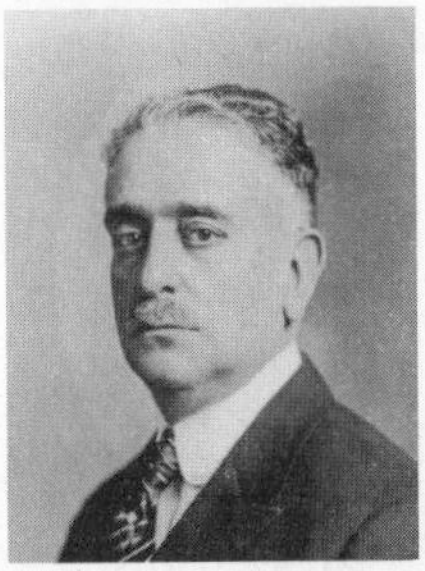
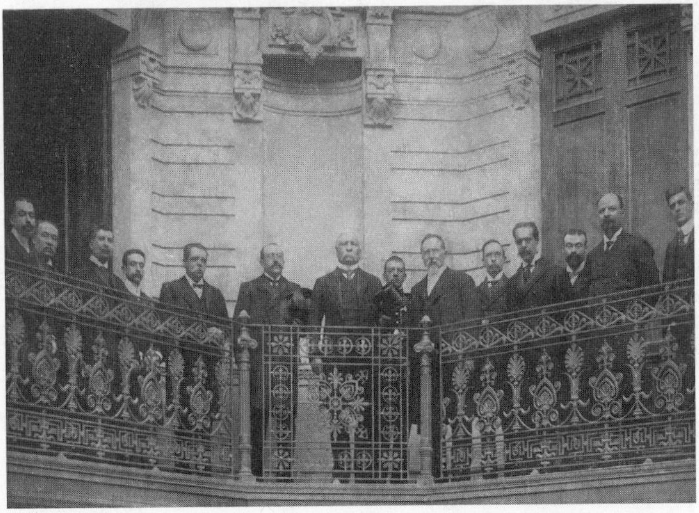

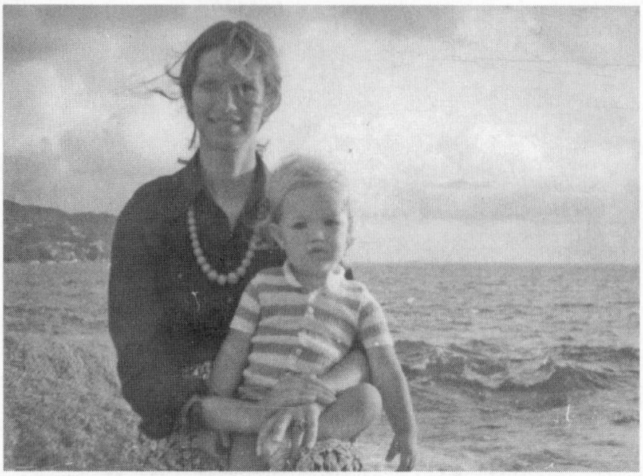
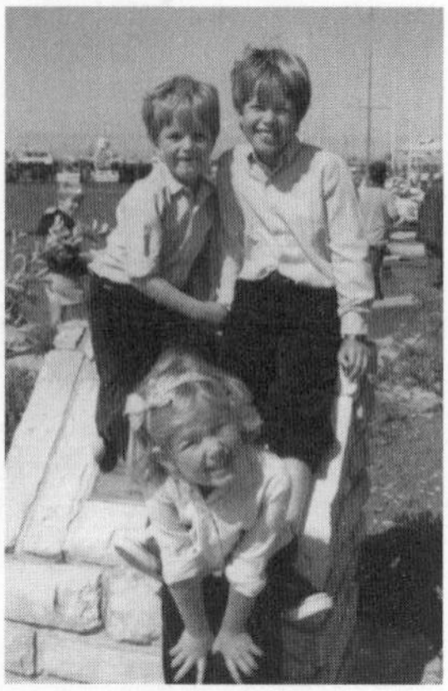
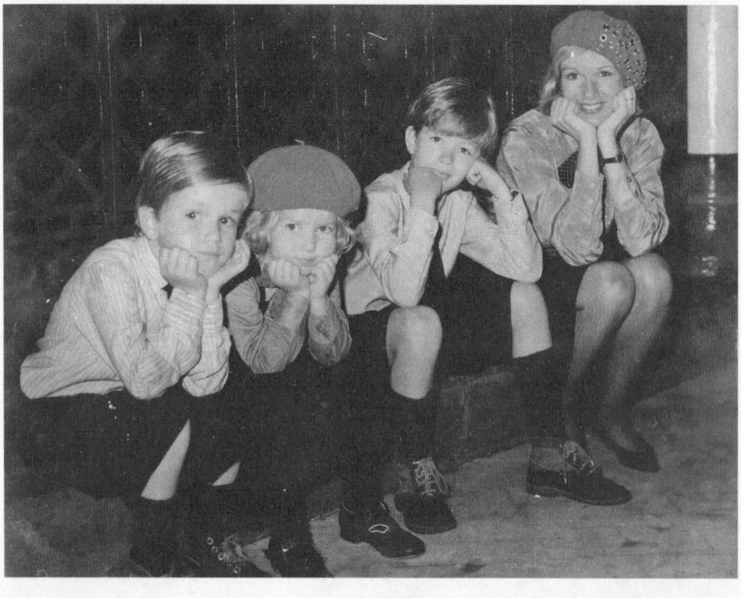
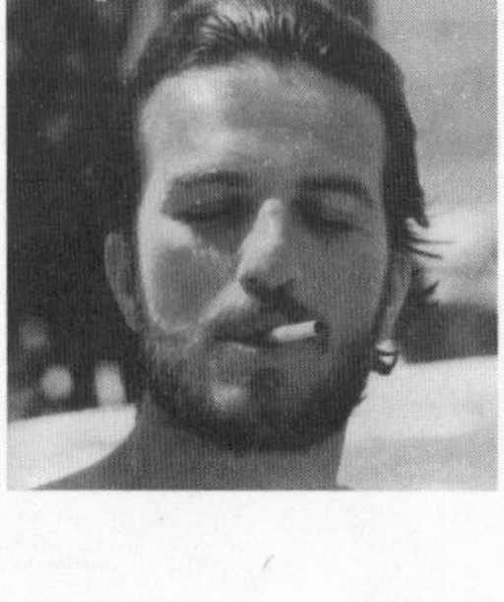
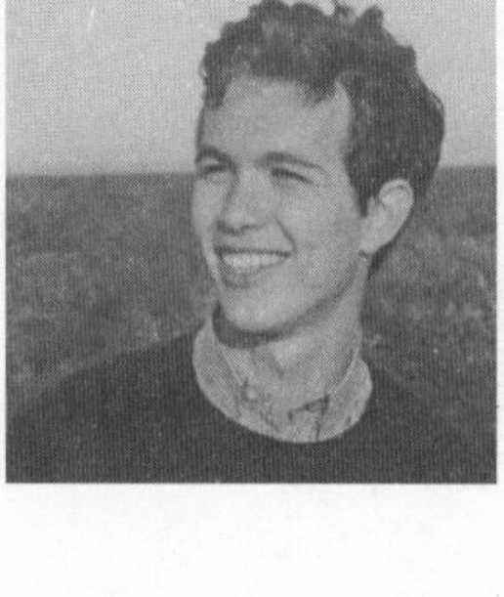
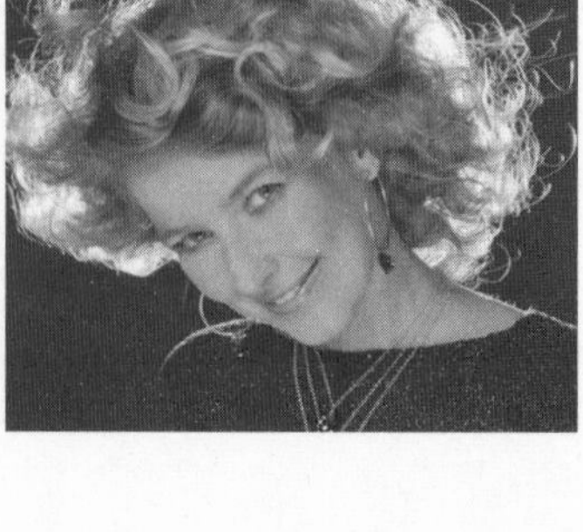

Las nostalgias de la abuela

Nanas

Comenzaremos por hablar de las nanas de antes, de las que se heredaban de generación en generación. Nos referimos a aquellas que hasta la fecha le dicen "niña" a patronas que tienen más de cincuenta años. De ésas de las que todavía muchos profesionistas de cierta edad afirman: "Nadie cocina mejor pastel de elote que la que fue mi nana".

Hace muchos años, las nanas eran parte de la familia. Cuidaban de los niños como si hubieran sido propios. Por lo general llevaban uniformes confeccionados por la costurera de la familia, ya sea en tira bordada o en tergal que compraban de las patronas en España. Siempre estaban impecablemente almidonados y muy bien planchaditos. Las nanas de antes eran respetuosas, fieles, discretas, pero sobre todo, muy honradas.

¿En qué consistían sus responsabilidades? Después de servir el desayuno, conducidas por el chofer de la familia, llevaban a los niños que no iban al colegio a dar una vuelta por el Paseo de la Reforma, el Parque de la Hormiga o a rentar bicicletas en el bosque de Chapultepec. Allí los columpiaban, saltaban a la reata, jugaban a la gallina ciega y les compraban algodones con su propio dinero. Alrededor de la una y media de la tarde regresaban a la casa. Una vez que les lavaban las manos a los niños, los llevaban hasta donde se encontraba su mamá para que la saludaran. Enseguida los instalaban en el ante-comedor para darles de comer. Después los conducían hasta sus re-cámaras para que hicieran una pequeña siesta mientras ellas comían en la cocina. Si después de comer "sus niños" seguían todavía des-cansando, aprovechaban para planchar algunos de sus vestidos, todos bordados, o para almidonar sus delantales, de los cuales estaban muy orgullosas. Más tarde iban a buscar a "sus niños", los peinaban y los volvían a llevar con su madre para que le dieran un beso. Dependien-do del clima, los llevaban al jardín, al patio de la casa o al cuarto de jue-gos. Si estaba lloviendo o haciendo un poco de frío, les organizaban un juego de lotería. Si, por el contrario, seguía brillando un sol radian-te, jugaban a las sillas encantadas, al avión o "allí va un navío cargado de...". Antes de darles su baño, les ponían algunos discos de Cri-Cri, con las niñas jugaban a la casita de muñecas y con los niños, a los pa-lillos chinos. Naturalmente, estas nanas nunca hacían trampa. Al con-trario, nada les gustaba más que "sus niños" les ganaran. Ellas mismas preparaban su merienda, porque conocían perfectamente sus gustos, pero sobre todo sabían lo que era bueno y sano para ellos. Después de darles de merendar, los llevaban a la cama. Para dormirlos, mientras bordaban fundas de cojines con pájaros y flores, les contaban histo-rias de santitos y de milagritos. Las más atrevidas, de vez en cuando, recurrían a los cuentos de miedo que se contaban en su pueblo.

Los fines de semana los llevaban perfectamente bien vestidos, pei-nados y planchados al Country Club. Allí, mientras los vigilaban sen-tadas muy cerquita en la piscina, se ponían a platicar con las otras nanas: que si Carlitos era igualito a su papá; que si al cumpleaños de Lolita había ido el payaso Firuláis; que si a la fiesta de disfraces de Mo-niquita, Pedrito fue vestido de charro; que si en casa de doña Cuca Goríbar de Cortina había hasta cuatro nanas, una para cada niño; que si en la boda de don Ramón, Laurita e Isabelita habían sido las damas de honor con pura ropa de España, que si esto, que si lo otro. Muchas de estas nanas preferían no salir los domingos para acompañar a sus niños a misa; a comer a casa de los abuelos y después llevarlos al club Vanguardias. Allí iban felices porque encontraban a otras nanas y porque siempre daban películas que nada más veían allí, en las calles de Frontera. ¡Ah, cómo se morían de la risa estas nanas cuando el padre Pérez del Valle ponía su sagrada mano en el proyector, justo en el momento en que la pareja estaba a punto de darse un beso!

Los niños de estas nanas las adoraban. Les hablaban con respeto, pero, sobre todo, las trataban con absoluto afecto. Para ellos, formaban parte de la familia y punto. Cuando sacaban buenas calificaciones a las primeras que lo anunciaban era a ellas. "Nana, nana, ¡me saqué diez en la prueba de aritmética! ¿Tú crees que le va a dar gusto a mi mamá?", preguntaban entusiastas. Enseguida las abrazaban. Era tanta la confianza que inspiraban estas nanas que las mamás hasta daban permiso a los niños de salir y entrar al cuarto de las muchachas. "Ay, nana, enséñame la foto de tu novio", decían las niñas más románticas. Las hacendosas les pedían que les enseñaran a coser como ellas. ¡Cuántas veces estos niños fueron a las fiestas del pueblo de su nana! ¡Cuántas, ésta les trajo guajolotes, palomas o pollitos cuando se iba de vacaciones! ¡Cuántas veces escucharon las serenatas junto con su "niña", cuando ésta era mayorcita! ¡Cuántas veces le sirvió de "alcahueta" y le llevaba personalmente las cartitas del novio! ¡Cuántas veces lloró junto con su "amita" porque su amor la había "cortado" de la noche a la mañana! ¡Cuántas veces intervino entre su patrona y sus niños para que no los castigara! Era tan intensa la relación que se establecía entre estas nanas y los niños bien de antes, que incluso muchos de ellos han llegado a asegurar que si no hubiera sido por ella, se habrían suicidado por falta de amor y ternura.

Pero desafortunadamente estas nanas y estos niños ya no existen.

Las nanas de los noventa, las "polanqueras, sanangelinas o lomescas" son totalmente el reverso de la moneda.

Contrariamente a las anteriores, éstas son sumamente inestables. A la menor provocación cambian de "casa", ya sea porque "no se hallan", porque "no hay Cablevisión en la tele de su cuarto", o porque la señora osó recriminarle un poquito acerca de su mini minifalda. Sin importarles si los niños se han acostumbrado a ellas o no, se van de la noche a la mañana, sin despedirse, llevándose los uniformes, las medallitas de oro de troquel antiguo de la Virgen de Guadalupe, las cucharitas de plata, los tubos eléctricos de la señora y el libro de recetas de cocina de la familia. Las que llevan un poquito más de antigüedad, un mes o cuarenta y cinco días, ni tardas ni perezosas piden a la señora un aumento de veinticinco por ciento más de salario con argumentos del tipo: "Ayer dijo Jacobo que este mes había doce por ciento de inflación. Si lo sumamos con el anterior, hace un total de veinticuatro. Así es que o me sube o me voy. Ya tengo otro ofrecimiento con una familia de Bosques de las Lomas", dicen mientras, con absoluto desapego, se miran las uñas bien limaditas y pintadas con el mismo barniz de marca Chanel que el de la patrona.

A estas nanas posmodernas ya no les gusta vestirse con uniformes como los de antes, de cuadritos ribeteados con tira bordada; ahora exigen que sean "conjuntos" de túnica y pantalón del estilo que llevan las enfermeras del ABC.

Antes de entrar a cualquier trabajo piden ver su recámara, para ver qué modelo de televisión tienen. Si nada más van a darles permiso de ver la de la cocina ponen cara de fuchi y comentan: "Lo voy a pensar. Yo le hablo por teléfono". Asimismo, se aseguran de que en la casa haya muchos aparatos eléctricos como cuchillo Moulinex, microondas, exprimidor de jugos, etcétera. "En donde estaba yo nada más era nana. No lavaba ni planchaba ni servía la mesa ni regaba el jardín ni cocinaba. Lo único que hacía era ocuparme de los niños y mandar los faxes de la señora. Además, mis días de salida eran a partir del viernes por la tarde para regresar los lunes después del mediodía, porque por donde vivo siempre hay mucho tráfico", advierten con una vocecita entre dulzona y profesional.

Muchas, pero muchas de ellas han ido varias veces a Disneylandia, tanto al de Anaheim como al de París. "Por eso hablo un poquito de inglés y francés. Sé decir *yes* y *oui*. Esto es muy práctico, porque cuando usted habla del extranjero a su casa por cobrar yo puedo autorizar las llamadas en idioma extranjero", comentan sintiéndose la "divina garza". Las que tienen un poco más de vocabulario en inglés, se debe a que, con la familia con la que estaban anteriormente, vivieron dos meses en Colorado.

Por lo general, estas "nanas" de los noventa no se encariñan con la patrona, mucho menos con los niños. Son irrespetuosas, mastican chicle de importación y no se pierden un capítulo de las telenovelas de la tarde o de la noche. Su máxima ilusión es parecerse a Verónica Castro o a Yuri. Todo el día hablan por teléfono haciendo incluso llamadas de larga distancia a Estados Unidos, en donde se encuentra su hermano, su papá o su amiga. Si algo les da ilusión es ir a Liverpool con la señora y a comer hamburguesas al McDonald's de Palmas. Siempre piden tres tamaño gigante con todo y dos leches malteadas en vaso grande. Esas mismas cantidades ingieren si llevan a los niños a Cinemark, en donde, naturalmente, se dieron cita con el novio.

Cuando por las mañanas pasean a los niños que todavía no van al colegio, ya sea en los pequeños parques de Polanco o en la tercera sección de Chapultepec, siempre le piden su celular a la señora, "porque si nos quieren asaltar, luego luego le llamo". Por las tardes van fascinadas con la señora a Price Club a comprar lo de la semana. Si van a Santa Fe o a Perisur, suben o bajan las escaleras mecánicas sintiéndose soñadas. Si los patrones salen por las noches, les gusta poner videos triple xxx, los cuales comentan con los niños libremente. "Miren, miren, igualito me hace mi novio", exclaman en tanto terminan de comer su Domino's Pizza vegetariana con mucho chile (como la patrona, también estas nanas están siempre a dieta), que pidieron telefónicamente. Casi siempre son los niños los que bajan la charola porque su nana acabó dormida sobre dos cojines del sillón que acomodaron sobre el piso. Las que no caen entre los brazos de Morfeo, les cuentan historias de horror a los niños y chistes colorados. Las muy malas, que tienen bajo su cargo al bebé de la casa, optan por meterle dos o tres pastillitas de Minolotina de la señora para que de inmediato se duerma y se puedan ir a ver la continuación de su telenovela. Esta misma categoría dice a los niños mayores: "Tu mamá no te quiere, prefiere a tu hermana. Además, para mí que tu papá tiene a otra por allí".

¿Qué hacen en sus ratos libres? O bien están chacoteando con los choferes y jardineros o están leyendo la revista *Eres,* que suelen comprarse con los cambios de la señora. Si la cocinera o la recamarera son del estilo de las de antes, es decir, discretas y respetuosas, les empiezan a meter ideas en la cabeza: "En esta casa nos están explotando. ¿Saben cuánto gastó el otro día la señora en Liverpool nada más en sus cremas? ¡¡Cinco mil pesos!! Y todo ¿pa' qué? Si está más arrugada que una momia. Miren, si nos vamos a trabajar del otro lado podemos ganar esa misma cantidad, pero por tres horas diarias de trabajo. ¿Por qué no nos largamos y dejamos a esta vieja loca completamente sola?". Por añadidura, las nanas *snobs* tienden a despreciar a las otras empleadas domésticas.

Puesto que el estilo de estas nanas resulta sumamente grosero, de la misma manera terminan por comportarse los niños: "Mira, idiota, si me acusas le digo a mi ma que siempre usas sus perfumes, que pones el *compact* de su recámara y que te pasas el tiempo nada más leyendo la revista *¡Hola!*". Y ellas, sin el menor escrúpulo, contestan: "Ay, pus si vas con el chisme, yo le digo que tú fumas y que ya van varias veces que le has falsificado su firma en tu calificación. Además, le digo que la bolseas, que te robas cosas del súper y que cuentas muchas mentiras. Te advierto, enano, más vale que no abras el pico, porque el amolado serás tú y no yo".

¿Quiénes serán mejores, las nanas sumisas de antes o las liberadas de ahora?

Chocolate, ¡¡¡bendito tesoro!!!

Basta con que pruebe un pedacito de una tableta de chocolate, para que en mí surja el mismo efecto que solía embargar a Marcel Proust siempre que le daba una mordida a su *madelaine*, es decir, súbitamente mi memoria involuntaria va en busca del tiempo perdido. Entonces me veo a los seis años en el patio del Colegio Francés de San Cosme. Allí estoy con mi uniforme azul marino de cuello y puños blancos deshilados. De pronto viene hacia mí *madame* St. Louis con su peluca pelirroja cubierta con una red: "*Tiens, ma petite, tu as gagné un chocolat*", me dice a la vez que me tiende, con su mano regordeta, una Vaquita Wong. Tomo el chocolate y, en un dos por tres, le retiro su envoltura color lila en donde aparece la fotografía de una vaca chiquita con manchas negras y blancas. Igualmente le quito el papelito plateado que cubre ocho cuadritos de un manjar que me parece único. *¡Mmmmmmmmmm!*, exclamo al mismo tiempo que cierro los ojos y mis papilas gustativas advierten su maravilloso sabor. ¡Qué delicia! Me sabe a gloria. Se diría que, en ese preciso instante, todos los ángeles del cielo me elevan por las nubes para llevarme a un paraíso en donde nada más crecen árboles de cacao cuyas hojas son puras tabletas de chocolate.

He aquí el recuerdo más remoto que tengo respecto a uno de mis peores pecados, ¡¡¡el chocolate!!! Por contradictorio que parezca, la culpa la tiene la monja francesa. Sin darse cuenta, poco a poco, me fue haciendo adicta a una de las tantas tentaciones del diablo. Entre más fuerte cantaba *"Frère Jacques, Frère Jacques, dormez vous?"*, más era merecedora de una Vaquita. Por eso, al entonar la canción lo hacía desde el fondo de mi corazón y de mis pulmones. Eran tan fuertes mis gritos que llegaban a escucharse hasta el dormitorio de las religiosas. Después vino la época de Vanguardias. Más que ir a ver el programa de cine con tres películas que elegía a su gusto el padre Pérez del Valle; más que asistir a sus famosísimas posadas y más que desear ser escogida para aparecer como la Virgen María en el cuadro plástico, iba a las calles de Frontera 16, donde se encontraba este club para *niñas* y *niños bien* de los cincuenta, porque sabía que en su dulcería vendían los Sartenes de ¡¡¡chocolate!!! Asimismo, y si me habían dado un buen "domingo", compraba un paquete de cigarros... de ¡¡¡chocolate!!! y un Conejito, todo envuelto con papel dorado, de ¡¡¡chocolate!!! Primero me comía sus orejas. *¡Mmmmmmmmm!*, hacía con los ojos cerrados. Enseguida me terminaba todo su cuerpecito. Si me sobraba dinero, regresaba con la señorita de la tienda y le pedía una Exótica de marca Turín rociada con pedacitos de nuez. *¡Mmmmmmmmm!*, volvía a exclamar sin importar que me vieran haciendo semejante espectáculo.

Mi madre tenía una relación muy extraña con el chocolate. Su gusto no era muy refinado que digamos. Se podía conformar con una tableta de chocolate Ibarra o La Abuelita, especial para la cocina. Recuerdo que le daba grandes mordiscos y se la comía en un dos por tres. El chocolate caliente se lo tomaba con todo y nata. Igualmente tenía costumbre de agregar más chocolate, de lo recomendado, al mole. Le quedaba delicioso. Lo que mi madre disfrutaba mucho era sacarle espuma en tanto hacía el chocolate. Todavía la veo en la minúscula cocina de la casa, frente a la estufa Acros, volcada hacia la olla de barro, agitando vigorosamente el molinillo. Me encantaba ver como iba subiendo esa espuma morena, espesa y aromática. "¿Me dejas tratar?", le preguntaba insistente, pero ella no me escuchaba. Estaba demasiado concentrada, seguramente, en sus problemas. ¿En qué pensaba doña Lola mientras le sacaba espuma al chocolate de su marido? Tal vez en su pan de huevo de Guadalajara con el que seguramente lo sopearía, o bien entonaba inconscientemente la canción que se puso tanto de moda en esa época y que decía: "Toma chocolate, paga lo que debes…" por las deudas que siempre la agobiaban. Sin embargo, en su caso, la consigna funcionaba contrariamente, le abría más el apetito. Curiosamente una de sus frases que más repetía era: "Las cuentas claras y el chocolate caliente…".

En *La verdadera historia del chocolate* de Sophie y Michael Coe, los autores niegan lo que solían afirmar los españoles en el sentido de que Moctezuma necesitaba estimulantes sexuales. Los que sí necesitaban del consumo del chocolate eran, precisamente, los conquistadores. "Debido a sus problemas digestivos, lo consumían como laxante." No obstante, el rumor de que el chocolate era afrodisiaco se regó como pólvora por toda Europa en el siglo XVIII. Fue así que Casanova reemplazó el *champagne*, su "elixir de amor", por el chocolate caliente. Por su parte, el marqués de Sade colocaba en los postres que les ofrecía a sus conquistas algunos granos de cacao: "Hasta las damas más respetables eran incapaces de resistir el furor uterino que las habitaba. Gracias a estas pastillitas, el marqués de Sade pudo, incluso, conocer los favores de su cuñada…".

Ahora que soy abuela, quiero aprender a cocinar los mejores postres de chocolate para Tomás, mi nieto. Para iniciarlo en el gusto del chocolate, le compré una caja de tabletas de Carlos V, "el chocolate emperador y el emperador de los chocolates"; le compré una bolsita de monedas de chocolate envueltas en papel dorado de La Marquesa; le compré cinco latas de Chocolate Express pulverizado y luego canté:

213

"Yo soy sano y fuerte como aquí me ves porque tomo siempre chocolate Express"; lo llevé al Moro a comer churros y chocolate; le enseñé a decir chocolate en varios idiomas y, por último, le hice mi especialidad, es decir, *la mousse au chocolat*, cuya receta, ¡¡¡única!!! era de su tatarabuela francesa.

Juro que a mi próximo nieto, aunque sea rubio como el trigo, lo llamaré de cariño *Chocolat*.

A ritmo de Shirley

No puedo olvidar a la niña más famosa del mundo. Sí, Shirley Temple, la niña genio de Hollywood, la niña llena de musicalidad y capaz de reproducir con asombrosa facilidad los pasos más complejos de tap. Era tan famosa, admirada y, sobre todo, tan querida que en uno de sus cumpleaños llegaron a los estudios de la Fox 135 mil regalos de todo el mundo. Cuando la madre de Shirley, Gertrude Temple, supo la cantidad de regalos que había recibido su hija decidió donarlos. ¿Habrá tenido conciencia de su popularidad esta niña que desde los cuatro años se encontraba en todas las pantallas de cine del mundo? ¿Cuántos millones de dólares habrá ganado por sus películas cuando ni siquiera podía tomar una pluma para firmar un contrato? ¿Tuvo amigos esta niña que ni siquiera podía salir a la calle por su inmensa popularidad?

Aunque desde que nació fue la consentida de sus padres y sus dos hermanos, nadie se imaginaba que esta niña de cara redonda y sonrisa encantadora cautivaría a millones de personas. Su padre, George Temple, contador de un banco, no quería que su hija fuera actriz. No obstante, permitió que fuera inscrita en una escuela de danza a los tres años. No nos imaginamos cómo es que un cazador de talentos llegó a esa escuela y vio a la pequeña Shirley y se cautivó con su forma de bailar y sonreír. Pero apenas unos meses después, apareció en la cinta *War Babies*, cuyo elenco estaba formado exclusivamente por niños menores de cinco años. Las primeras palabras que dijo ante la cámara fueron en francés: "*Mais oui, mon cher*". En esa época estaba de moda hacer la parodia de películas, pero con niños pequeños; y en esa cinta, a Shirley le tocó hacer una imitación de Marlene Dietrich, bailando con un atrevido escote y llena de plumas de colores. "Creo que fue el papel más atrevido que hice en mi carrera, no obstante que sólo tenía cuatro años", confesaba Shirley con picardía.

Pero la fama verdadera vino cuando el productor Alexander Hall, de la Paramount, vio los cortos de Shirley. Fue entonces que Hall recordó que la cinta *La señorita Marker* no se había filmado porque no habían encontrado a la actriz adecuada. Sin duda, esta pequeña con una sonrisa del tamaño de la pantalla era la indicada para hacer el papel de una niña que se va a vivir con una banda de gángsters. El éxito de la cinta hizo que sólo en ese año (1934) Shirley trabajara en doce cintas. Era un trabajo agotador, pero al mismo tiempo el más redituable, pues aún no cumplía diez años y ya había ganado 5 millones de dólares. Había muñecas, libros, historietas, vestidos, discos y hasta partituras de canciones dedicadas a Shirley Temple. Pero, sobre todo, había miles de niñas que iban al salón de belleza para que les hicieran los rizos de Shirley.

Desafortunadamente, en la vida de Shirley no faltaron las envidias. Se cuenta que recibió chocolates envenenados y que el director del FBI, Edgar Hoover, se encargó personalmente de su protección luego de que su madre y ella recibieran amenazas. Incluso, se llegó a decir que un maniaco la amenazó con quemarle la cara. No obstante, estos incidentes fueron poco importantes para esta niña tan alegre. Cuanto tenía seis años asistió a la entrega del Oscar. Shirley subió al escenario a entregar un premio a Claudette Colbert, y dijo: "A mí también

216

me gustaría tener un premio así". Unos minutos más tarde, el maestro de ceremonias llamó a Shirley al escenario para entregarle un Oscar en miniatura. "Te has ganado este Oscar porque la felicidad que le has dado a millones de personas no la había dado ningún niño en el mundo." Eran los tiempos en los que Estados Unidos luchaba contra la Gran Depresión, cuando el presidente Roosevelt dijo: "Bendita niña, gracias a ella hemos logrado olvidar nuestros problemas".

Era tanta su simpatía, su gracia para bailar y su carisma en la pantalla que Graham Greene llegó a decir que no era posible que Shirley fuera una niña, sino que se trataba de un enano de cincuenta años disfrazado. Sin duda, el encanto de Shirley era desbordante; incluso, cuanto la actriz tenía seis años, Will Rogers, un actor que pasaba de los cincuenta, intentó hacer un agujero en el camerino para verla.

Tanta fama, tantos honores a una edad tan temprana, tantos asedios de su madre, hicieron que Shirley ansiara crecer para tener una vida propia. Así como la fama de muchos actores infantiles hizo que muchos de ellos pudieran tener una carrera exitosa, en otros sólo logró que no pudieran competir con sus logros infantiles. Pero en el caso de Shirley fue muy distinto, pues esta niña con una fama irrepetible decidió olvidar el cine para convertirse en una alta diplomática. Hace muchas décadas perdió sus rizos dorados, y cuando llegó a la adolescencia sólo hizo películas que resultaron un fracaso. Cuando habla de su infancia, Shirley Temple la resume así: "Quizá fui una de las niñas más felices del mundo. Claro que mi infancia no fue nada normal. Muy pronto dejé de creer en Santa Clos. Mi madre me llevó a un centro comercial y el Santa que estaba allí me pidió un autógrafo. Creo que en ese momento terminó realmente mi infancia".

Charles Chaplin

No cabe duda que, de todos los recuerdos que Charles Chaplin tenía de su infancia, el que atesoraba con más cariño era aquel en donde se veía a sí mismo afuera de la taberna El Jarro. Casi, casi podía ver en su memoria los ladrillos viejos que formaban las paredes de los antiguos edificios del barrio de Lambeth, en la parte más pobre de Londres. ¿Cuántos años tenía? ¿Ocho? ¿Nueve? ¿Doce? No importaba la edad a la que se imaginaba, siempre se recordaba afuera de esa taberna, así hiciera un terrible frío invernal o se tratara de una calurosa tarde de verano. Nada lo ilusionaba más que ver llegar a los señores con su sombrero negro y su bastón a tomar una última cerveza antes de regresar a su casa a comer. Curiosamente, en ese bar se reunía lo mejor del *music-hall* de Londres; aunque hay que decir que "lo mejor del *music-hall*" no es precisamente un halago, más bien tenemos que aclarar que ser un artista de este tipo de espectáculo no era algo que diera prestigio. Al contrario, los artistas que se dedicaban a ese negocio frecuentemente se encontraban en un mal estado financiero y siempre endeudados. Ése era precisamente el caso de Charles y Hannah, los padres de este niño que rondaba las calles con tanta curiosidad.

¿Por qué se acordaría tanto de aquellos bombines oscuros? ¿Por qué eran tan vívidos todos los diamantes de las mujeres y las brillantes mancuernillas? ¿Por qué ese niño pasaba tanto tiempo, sin poder entrar, viendo desde la banqueta todo ese espectáculo? No, parecía que ese niño vestido modestamente no quería moverse de ahí. Quería evitar a toda costa llegar a su casa en donde lo esperaba su madre, quien casi siempre se encontraba triste; asimismo, intentaba escapar el mayor tiempo posible de la pequeña buhardilla en la que vivía. Pero, sobre todo, quería escapar de la pobreza en la que se encontraba con su familia.

Dicen que, desde niño, Charles Chaplin (1889-1977) tuvo que convivir con el ensueño y con la pobreza, a partes iguales. Tal vez soñaba para evadir su situación. O quizá veía la vida a través de los sueños. No es que se tratara precisamente de una familia evasiva o mentirosa, pero había aspectos que eran difíciles de tratar y, por esa causa, su madre los callaba. Por ejemplo, casi no se hablaba del padre de Charles, quien era cantante cómico y que había triunfado en varios países de Europa. Sin embargo, un día había desaparecido de la casa y no había regresado nunca. Cuando Charles le preguntaba por él a su madre, ella le platicaba de su voz y de su talento. "Se parecía a Napoleón", le decía con cierto aire enigmático. No obstante, por más que se esforzaba, Charles nunca pudo evocar un solo recuerdo de su padre. Mucho tiempo después, se enteró de que su padre llegó a ganar hasta 40 libras esterlinas a la semana, es decir, un buen sueldo. Curiosamente, incluso los peores artistas de *music-hall* tenían un buen sueldo, aunque no se lo debían precisamente a su talento o a su gran voz. Lo que ocurría era que los teatros tenían bar, y sacaban más dinero de la venta de alcohol que de la taquilla. Así es que a los artistas les pagaban bien, pues por lo general terminaban gastándose su salario en la taberna. Justamente, el padre de Charles fue víctima de esta forma de vida, pues murió a causa del alcoholismo.

Charles tenía un medio hermano cuatro años mayor que él, Sydney. Había veces en que Hannah hablaba de su pasado, pero lo hacía de una forma tan fantasiosa que era difícil saber si lo que decía era cierto o sólo se trataba de una bella historia: "¿Sabías que cuando era muy joven me escapé a África? No obstante apenas tenía dieciocho años, me fugué con un hombre mayor que estaba perdidamente enamorado de mí. Me quería tanto que me trataba como una princesa y me llevó a vivir en una plantación donde teníamos muchos sirvientes y caballos. Ahí nació tu hermano Sydney. ¿Tú sabías que su padre es un lord? Cuando cumpla veintiún años va a heredar una fortuna de 2 mil libras esterlinas". "Pero, mamá, ¿por qué renunciaste a esa vida en África? ¿No te das cuenta de que ahora seríamos ricos? ¿Te das cuenta de que no tendríamos que cambiarnos de casa cada mes por no pagar la renta?", le decía su pequeño hijo lleno de frustración. "Era muy joven entonces, no sabía ser cauta ni prudente", le respondía muerta de la risa.

Cuánto trabajo le costaba a Charles despegarse de las ventanas de las tabernas de Lambeth y regresar a su casa. Cuánto le pesaba la pobreza. Por esa causa, Charlot, el personaje de Chaplin, recorre las calles con su bastón y su bombín, siempre pobre y siempre observando a los millonarios que pasan en sus lujosísimos carros. Dicen que siempre recordó ese barrio, sus calles, sus ladrillos sucios y sobre todo a la gente que conoció en su infancia. Asimismo, se cuenta que Lambeth es el barrio que aparece en *El gran dictador*, en el cual vive el heroico barbero judío que al final de la película habla en contra de la guerra. Dice George Sadoul, uno de los grandes críticos de cine, que Chaplin "toda la vida permanecerá apasionadamente fiel a su infancia". Cuál habrá sido su sufrimiento al enterarse de que su barrio había sido bombardeado por el ejército de Hitler, y por lo tanto, la mayor parte de las calles que recorrió en su infancia habían desaparecido. "Siempre me acordaré de Lambeth y de la habitación aquella bajo los tejados de Ponwall Terrace 3, donde viví de niño", recordaba una vez que su barrio había sido devastado. "Me veo nuevamente subiendo y bajando

221

sin parar los tres pisos para tirar el agua sucia. Veo a Huley, el tendero de Chester Street, donde yo iba a comprar cinco kilos de carbón o un penique de perejil. A Wathorm, el carnicero que vendía bazofia por un penique; a Arh, el tendero que por dos cuartos nos permitía meter la mano en una caja llena de bizcochos despedazados. Todo está en mi memoria, el Lambeth que abandoné, su miseria y su mugre."

Pero ¿saben ustedes cómo es que Chaplin era tan empático y tan imaginativo? ¿Cómo es que llegó a tener tanta sensibilidad para crear a sus personajes? Pues también se lo debía a su madre. Dicen que a veces, Hannah le hablaba a su hijo: "¡Ven, corre! Mira, asómate a la ventana. ¿Ya viste? Ese señor que va por la banqueta es Bill Smith. ¿Ya lo viste bien? ¿Ya observaste cómo es que sus botas están sucias? Fíjate cómo camina, con prisa y sin ver a los lados. Se ve como si estuviera enojado. A mí se me hace que viene de pelearse con la señora Smith. ¿Sabes? Estoy segura de que salió de su casa tan furioso que dejó en la mesa su café y su pan sin tocar". Curiosamente, dice Chaplin que en la tarde se enteró de que, efectivamente, el señor Smith se había peleado con su esposa y que había salido tan enojado que dejó su pan y su café. Desde que había perdido su voz y nadie la llamaba para actuar en el teatro, Hannah se pasaba horas frente a la ventana. Dicen que era como una flor a la que nadie riega, que se iba marchitando frente a la ventana. Cada vez le era más difícil encontrar trabajo en obras de teatro. En una ocasión, la voz de Hannah se quebró en plena actuación. Charles, que se encontraba viéndola tras bastidores, sintió tanta angustia porque el público comenzó a chiflar y a burlarse de ella que corrió a tomarla de la mano. Pero Hannah, demasiado nerviosa por este incidente, dio una disculpa al público y salió del escenario. Dicen que el pequeño Charles vio las candilejas del teatro y los rostros del público y que algo lo impulsó a cantar. Cantó una canción que se sabía: "Jack Jones", y lo hizo tan bien que, cuando terminó, el público le arrojó muchísimas monedas sobre el escenario. Charles se puso tan feliz pues nunca había visto tanto dinero junto que dejó de cantar y le dijo a la gente: "Primero voy a recoger el dinero y luego sigo cantando". Fue tanta la risa que le dio a la gente que el dueño del teatro se asomó a ver qué pasaba, y cuando vio al pequeño actor recogiendo dinero se acercó para ayudarle. Pero Charles pensó que el dueño quería quedarse con las monedas… Cuando el público vio la cara de preocupación del niño, comenzó a reírse más. Dicen que las carcajadas siguieron y siguieron. Entonces, el joven cantante volvió a ponerse en su sitio, y al llegar al final de la canción, imitó la voz de su mamá al quebrarse. Hubo tantas risas y aplausos, pero sobre todo más monedas sobre el escenario, que cuando Hannah salió por su hijo la gente la recibió con una enorme ovación. "Aquella noche fue mi primera aparición sobre el escenario y la última de mi madre. Yo tenía seis años y medio", escribió Chaplin.

Desafortunadamente, Hannah no pudo volver a encontrar trabajo de actriz ni de cantante. Así es que comenzó a trabajar como costurera a domicilio. Era tanta la angustia que tenía por caer en la miseria que en una ocasión les dijo a sus hijos, con una profunda tristeza: "Váyanse a otra parte, aquí no hay nada de comer". Dicen que al poco tiempo de eso, una tarde salió a tocar las puertas de los vecinos. Cuando le abrían la puerta, Hannah decía: "Mire, le voy a hacer un regalo muy bonito", y extendía un pedazo de carbón que llevaba en la mano. Entonces, los vecinos llamaron a la policía y poco después unos enfermeros se llevaron a Hannah al hospital. Cuando Charles y Sydney llegaron a la casa, la encontraron vacía. Pobres de estos dos hermanos, que quedaron tan solos y que tuvieron que vivir de los pequeños robos que hacían a los negocios de Lambeth. Charles nunca olvidó esa experiencia, por eso en sus películas aparecen esas mujeres tan frágiles que intentan soportar la pobreza y el hambre con dignidad. Como la ciega de *Luces de la ciudad* o la ladrona de *Tiempos modernos.* O la bailarina que intenta suicidarse en *Candilejas.* Todas ellas tienen algo de la madre de Charles Chaplin, de esa madre que terminó por vivir en sus propios sueños sin darse cuenta de lo que pasaba a su alrededor.

Cuando Chaplin se volvió un hombre exitosísimo y multimillonario, se llevó a su madre a vivir a los Estados Unidos en una casa de retiro de gran lujo. Dicen que Hannah nunca supo que su hijo era rico y que llevaba tanta alegría a las personas de todo el mundo. Tal vez en sus sueños, ella nunca salió de la buhardilla en la que vivió junto con sus hijos, en el barrio pobre de Lambeth.

Stan Laurel y Oliver Hardy: unidos por la risa

Hay una pareja sumamente original, que no se parece nada a las otras. Se trata de una pareja entrañable que nos acompañó durante nuestra niñez y que ahora está presente en nuestras nostalgias: el Gordo y el Flaco. Aunque no estaban enamorados entre sí, se querían con todo su corazón. Pero lo que más distinguió su relación fue una profunda amistad y un respeto inquebrantable.

¿Quién podría olvidar las maravillosas escenas de la película *The Music Box*, premiada por la Academia? ¿Quién no recuerda alguna cinta de las centenas que filmó esta pareja inmortal? ¿Y quién de niña o niño no se moría de risa con sus locuras? Aparte de la cara de Charlie Chaplin, no hay rostros que les sean más familiares a los amantes de la comedia fílmica que los de Stan Laurel y Oliver Hardy, aunque mucha gente nunca sabía cuál era cuál, continuaron identificándolos como "el Gordo y el Flaco". Tal vez, los apodos eran una suerte de tributo a la fusión tan completa de sus opuestas personalidades en una pareja en la que no importaba quién era quién. Lo importante era la pareja tan singular que formaban. Después de verlos juntos durante tantos años, era imposible concebirlos por separado.

En la década de los treinta, Laurel y Hardy alcanzaron tal notoriedad internacional que no tardaron mucho tiempo en convertirse en la pareja más famosa del mundo. Su talento y su gran ingenio eran los elementos primordiales del cine mudo, virtudes que se multiplicaron con los recursos humorísticos del cine sonoro. Stan Laurel (el Flaco), cuyo verdadero nombre era Arthur Stanley Jefferson, nació en el seno de una familia de actores, en Ulverston, Inglaterra, el 16 de junio de 1890. De muy joven debutó como guionista e intérprete en los escenarios británicos. Desde niño, Stan tenía la ambición y el deseo de alcanzar el éxito como cómico en los *music-halls*. "Pienso que nací más o menos comediante. No recuerdo ni un momento en que no estuviera echando relajo fuera y dentro de la escuela, por eso fui tan mal estudiante."

Por tal motivo, en cuanto pudo terminar su endeble educación escolar, a comienzos de la década de 1910, se unió a la compañía teatral de Fred Karno, en la que actuaba un cómico todavía desconocido, Charles Chaplin, con quien trabó amistad. Stan tuvo su primera oportunidad cuando Chaplin aceptó una oferta más lucrativa con Mack Sennett y le tocó reemplazarlo. Para entonces ya había dominado el arte de expresarse por medio de gestos, sin auxilio de las palabras, o sea, el de la pantomima y, progresivamente, fue montando más situaciones cómicas que la *troupe* de Karno presentó en una gira por los teatros de vodevil en diferentes estados americanos. A partir de esta época, Laurel decidió ya no regresar a su país de origen. En esos años, por superstición, optó por cambiar su nombre; a él le preocupaban las trece letras que lo formaban (Arthur Stanley) y finalmente se decide por el de Stan Laurel. Con su nuevo apelativo incursionó en el cine debutando en 1917, en la película *Nuts in May*, que fue considerada lo bastante graciosa y entretenida como para convencer a Laurel que tenía futuro en el cine como actor cómico.

Hardy, cuyo nombre completo era Oliver Norvell Hardy, apodado "Bebé" por ser el benjamín, nació en una familia distinguida y acomodada el 18 de enero de 1892 en Harlem, Georgia. Su padre, abogado y político, era una figura principal que murió cuando Oliver era muy pequeño. La viuda se vio obligada a comprar un pequeño hotel con los escasos recursos con que contaba. Hardy, que estaba demasiado pequeño para trabajar, desarrolló una costumbre que guardaría toda su vida. "Cuando era niño –relató más tarde–, adquirí un hábito que aún conservo. Me siento en el lobby de cualquier hotel y me dedico a observar a la gente. Me gusta observarla. Cuando me preguntan de dónde sacamos Stan y yo a los personajes que representamos, parecen pensar que el par que formamos no se parece a nadie, ya sé que son más tontos que cualquiera, pero hay muchos Laurel y Hardy en el mundo. Yo los veía en el lobby del hotel de mi mamá: el tipo tonto al que no le pasa nada y el listo que es más tonto que el tonto, sólo que él no lo sabe." Empezó también a desarrollar una afición por el teatro cuando observaba a los cómicos que su madre contrataba para amenizar a los huéspedes de su hotel. Abandonando sus estudios de leyes, Hardy se aventuró en la adquisición de un pequeño teatro en 1910. La nueva industria cinematográfica atrajo, desde el principio, a Hardy, y como en ese tiempo era mucho más fácil penetrar en el mundo del cine, que no interesaba a la gente respetable, decidió hacer un intento para dedicarse a la actuación cómica. Su figura rechoncha y su pequeño bigote se prestaban a la perfección para ese tipo de actividad.

En 1917, Stan y Oliver coincidieron en la filmación de *The Lucky Dog* en los estudios de Hal Roach, pero nada indicaba aún que formarían pareja. A Laurel no se le ocurría pensar en compartir su actuación con algún otro cómico. Le había costado demasiado trabajo llegar a ser una de las estrellas principales de la compañía de Roach y en esa profesión tan difícil la competencia era muy dura como para aceptar un patiño o un socio que acabaría por reemplazarlo. La asociación tuvo lugar años después, gracias al productor Leo McCarey, que ya había visto la actuación de Laurel y Hardy, bajo contrato con Hal Roach. "Nunca me referí a ellos como Stan y Ollie, o Laurel y Bebé –dijo Leo McCarey–, para mí eran los 'Muchachos'. Cuando preví la posibilidad de que trabajaran como pareja, ya los veía como mis hijos... parecían integrarse tan bien, no sólo por el contraste de sus figuras sino por la intuición de lo cómico; poco a poco insistí en que tuvieran papeles más importantes hasta que llegaron a ser los principales. Stan era el genio de la comedia y el del espíritu creativo detrás de las películas. Afortunadamente, a Ollie no le importaba mucho la estructuración de los chistes y demás, aunque sí ayudaba a veces y digo 'afortunadamente' porque si ambos hubiesen sido altamente creativos se hubiera creado una discordia. Pero nunca sucedió. Trabajaron en armonía desde que empezaron y así continuó hasta el final."

El Gordo y el Flaco hicieron ciento cinco películas juntos. Fue la pareja de cómicos más acorde y exitosa de la década de los treinta. ¿Y en la vida real?, fuera de la pantalla, ¿cómo se llevaba esta pareja? Así como aparecían en sus películas, a pesar de sus escenas aparentemente sadomasoquistas por las bromas que se gastaban, no dejaban de ser unos *gentlemen*. Stan y Ollie eran unos verdaderos caballeros. Además, su innegable sentido del humor les permitía confrontar cualquier situación adversa provocando eso que no se puede definir: la risa. Bergson, el filósofo, en su tratado sobre la risa, intentó explicar cuál era el sentimiento esencial que la motivaba. Sea cual fuere ese sentimiento, en el caso de Laurel y Hardy podemos sospechar que tenía que ver con el cariño y el afecto. Lo proyectaban en sus películas, no era mera actuación. El sentido del humor es un lazo afectivo que humaniza, atenta contra el orgullo, cura y ayuda a vivir. Dice André Comte-Sponville que el humor es misericordioso y humilde. Aunque pueda uno reír en soledad, una buena crisis de risa acompañada es mejor que cualquier pastillita de Prozac. "La risa necesita un eco", escribió Bergson. Y ellos reían juntos y nos hacían reír. El Gordo y el Flaco eran amigos. No existía entre ellos ningún tipo de rivalidad. Cuando le preguntaron al filósofo francés Montaigne por qué quería tanto a su amigo La Boétie, contestó: "Porque era él, porque era yo". Ollie era Ollie y Stan era Stan, y por eso se querían y se respetaban. En su diferencia, se complementaban, pues como dice Carlos Fuentes, en su espléndido libro *En esto creo*, en el capítulo sobre la amistad: "Lo que no tenemos lo encontramos en el amigo". Laurel, el Flaco, era el creador, el activo, el que sabía relacionarse con la gente, el que se preocupaba por la reacción del público, el que asistía a los preestrenos y el que se ocupaba de los aficionados. Eran las 10 de la noche, pero Laurel se las arreglaba para dar citas. Firmaba autógrafos hasta en cajas de palomitas y siempre contestaba las cartas de los aficionados. En cambio, el Gordo no se preocupaba por atender a sus admiradores, le dejaba esos quehaceres a su compañero. Al Flaco le gustaban todos estos menesteres y los hacía con gran gusto. Asimismo, él era el guionista de los filmes. "Yo imaginaba un tema central en que los *gags* generalmente estaban ausentes. Luego se pasaba a la filmación e inmediatamente comenzábamos a divertirnos. En muchos filmes éramos los únicos intérpretes Hardy y yo con, por ejemplo, un perro como acompañante." Frecuentemente, participaba en la dirección de las películas. Aunque a Laurel le pagaban mucho más que a Hardy, este último jamás se quejaba. Lo encontraba justo e incluso le daba gusto que su compañero fuera mejor remunerado.

Curiosamente esta situación no se presentaba en la pantalla. Al contrario, Laurel con sus pucheros y sus sollozos era el ingenuo, al que siempre le tomaban el pelo, pero Ollie era el que sabía cómo hacer las cosas. Con ese sentido de dignidad que proyectaba, invariablemente se presentaba como el gordito más delicado, fino y educado que con una prolongada mirada era capaz de representar un mundo de horrorosa injusticia. La sociedad tan armoniosa entre ellos se debió a que cada uno mantenía su libertad.

En su vida privada no tuvieron tanta suerte con sus parejas matrimoniales. Contrariamente a sus películas, su vida privada no era chistosa ni ocurrente ni mucho menos divertida. El Gordo se casó en tres ocasiones. La primera fue en 1913, con Madelyn Saloshin, una pianista, de la que se divorció ocho años después. La segunda, con la actriz Myrtle Revees, que tenía problemas de alcoholismo, y la tercera y última, con la *script-girl* Virginia Lucille Jones, a quien conoció en 1940. Con ella sufría terribles crisis de celos y de inseguridades. Dicen que Virginia era tan gastadora que cada mes le llegaban cuentas al pobre del Gordo hasta por 2 mil dólares de lencería fina y sombreros de última moda.

La vida sentimental del Flaco fue todavía más agitada que la de su compañero. Primero vivió en unión libre con una actriz australiana, Mae Dahlberg, una mujer muy conflictiva con un temperamento muy fuerte de la cual se separó en 1925 para casarse, en 1926, con la actriz Lois Nellson, de la que se divorció en 1933, cuando conoció a Ruth Rogers. En 1934, contrajo matrimonio con Ruth, pero se divorció, en 1936, para, en 1938, casarse con Vera Iliana Shuvalova, que le creó una serie de problemas y lo metió en pleitos judiciales cuando se divorciaron en 1939. La pensión que le exigía era realmente desproporcionada. Además, había que cubrir las de sus otras exesposas. Ese mismo año, volvió, una vez más, a casarse con Ruth y volvió, una vez más, a divorciarse en 1941. Finalmente, en 1946, se casó con la cantante de ópera soviética Ida Kitaeva.

Respecto a su actitud hacia las mujeres, no es casual que en algunas de sus películas, como la cinta *Sons of the Desert*, se confirmó la

230

idea de que tanto el Gordo como el Flaco tenían una visión más bien misógina. Las esposas son representadas como agresivas, poco simpáticas y mandonas y, por si fuera poco, tontas e ignorantes. La mujer de Hardy lanza enseres de cocina y la de Laurel aparece como la típica marimacha mandona para compensar la debilidad de su marido. La mayor parte de la película se la pasan tratando de huir de las consecuencias de sus actos que, según sus mujeres, merecían. A la pareja no le gustaba dar entrevistas sobre su vida privada y como siempre, hasta el final de su vida, Stan era el que estaba dispuesto a atender a los periodistas y aficionados para hablar de sus películas: "Me gusta especialmente la idea de que vamos a hablar de nuestra manera de hacer películas mejor que de nuestras vidas. Puede entrevistarnos por separado o juntos, como guste", escribió Laurel en una carta a un entrevistador. Algo que los diferenció era que el Flaco siempre, siempre contestaba su correo; en cambio, al Gordo no le interesaban sus admiradores. En este aspecto Stan era muy disciplinado. No nada más les contestaba, sino que hasta les escribía chistes como ese que decía: "*I was dreaming I was awake, and then, I woke up and find myself asleep*". A muchas de ellas, les adjuntaba una fotografía firmada por los dos e invariablemente se despedía con la siguiente frase: "*My warmest regards and every good wish to your kind self and family. Good luck and God bless. Sincerely always*".

En 1939, empieza a decaer la popularidad del Gordo y el Flaco. Tratan de revivir su época de oro inútilmente. En 1957, Oliver Hardy falleció en medio del olvido, sin descendencia. Dicen que a partir de ese día, Stan Laurel se pasaba todas las tardes en un parque, sentado en una banca con una cara de absoluta tristeza. Así lo filmaron muchas veces mientras daba de comer a los patos. Dicen que adelgazó cerca de diez kilos, que ya no comía y que en las noches se despertaba de súbito diciendo su nombre. Dicen que todos los domingos visitaba su tumba y repetía con los ojos llenos de lágrimas lo que solía decirle el Gordo: *"It's another fine mess you got me into…"*. Dicen que jamás pudo superar esta viudez del alma. Muy distinta de la que sentía en cada duelo de sus divorcios.

En 1960, Stan Laurel recibió un Oscar honorífico por su contribución pionera al cine cómico. Lo único que lo entristeció esa noche fue que su amigo Hardy no estuviese presente. Laurel sobrevivió hasta febrero de 1965, rodeado de su esposa e hija. Ninguno de los dos murió en la pobreza, como se dijo.

Laurel y Hardy hicieron de la risa el fin de su obra. Fueron una alegría constante para varias generaciones de cineastas y continúan siendo una inspiración para los cómicos modernos como lo fueron para sus contemporáneos. De esta pareja inmortal aprendimos que "la amistad se cosecha porque se cultiva", como dice Carlos Fuentes en el libro mencionado. El Gordo y el Flaco pudieron cosechar su amistad con creces porque, durante muchos años, cada uno la cultivó en su respectivo jardín secreto.

Color carne 939

De todas las materias, en la que me sentía más segura era en dibujo. "Tienes muchas aptitudes", solía decirme el maestro Martínez de la primaria. Vestido con su eterno traje de tres piezas, en color café, llegaba a clase con un viejo portafolios debajo del brazo. Era de corpulencia gruesa, moreno de tez y no muy alto. Sus ojos se veían muy pequeñitos y su nariz ancha y sumamente aplastada. "Es que da clases en escuelas de gobierno", decían algunas de mis compañeras. "Dice mi mami que por eso tiene acusados rasgos indígenas", apuntaba la más pretenciosa. Aunque en el fondo reconocía que nuestro maestro, efectivamente, no embonaba muy bien en el contexto del Colegio Francés, me caía bien porque lo encontraba, además de serio, muy paciente. Siempre se tomaba mucho tiempo con cada alumna para calificar, con justicia, los dibujos.

A pesar de que de todas las clases la de dibujo era mi preferida, había algo que me frustraba enormemente. No tenía colores de marca Prismacolor. ¿Por qué? Por la sencilla razón de que eran muy caros en comparación con otras marcas como Fantasía, Princess o Arcoiris. Cada viernes, día de clase de dibujo, sufría por no tener el verde olivo, el azul permanente, el magenta, pero sobre todo el color carne 939. Este último me obsesionaba. "Si lo tuviera, todos los personajes de mis dibujos quedarían como si de verdad fueran de carne y hueso; quedarían tan reales que hasta les pondría un globito arriba de su cabeza para hacerlos hablar y así hasta podría recortarlos, pegarlos sobre un cartón y hacerlos actuar en una pieza de teatro", pensaba mortificadísima, con el ceño fruncido, en tanto me las ingeniaba con el naranja y el amarillito claro para lograr un color *carne* aceptable, pero muy lejos de la realidad. Recuerdo que cerca de mí, a tan sólo dos lugares de distancia, se encontraba mi compañera Beatriz Wichers, que también tenía *muchas aptitudes* para la pintura. Ella sí tenía colores Prismacolor. A la hora de la clase de dibujo, recuerdo que sacaba su caja en forma de estuche cubierta con imitación de terciopelo verde y la colocaba sobre su papelera, a un lado de su cuaderno de argollas de dibujo. Entonces, con absoluta cara de envidia, yo miraba de reojo sus treinta y seis lápices bien paraditos en su estuche y con una punta maravillosa. Y en tanto coloreaba las mejillas de una muñeca con mi humilde rosa de marca Fantasía, pensaba furiosa: "Sé que, aunque le pida a Santa Clos, al Niño Dios, a los Reyes Magos o al Ratón Pérez, jamás tendré unos iguales. Ni una caja de doce me darían mis papás como regalo de cumpleaños o de santo. Son colores de niñas ricas. Son colores para hijas de mamás modernas. Son colores para niñas que tienen chofer y lonchera escocesa con termo. Si tan sólo tuviera el color carne. Nada más con ese me conformaría, no pediría más...".

Me acuerdo muy bien lo que sucedió en una ocasión. Veinte minutos después de haberles pedido a las alumnas que imaginaran una escena de la primavera, el maestro Martínez empezó a caminar lentamente a lo largo de las filas de las papeleras para calificar los dibujos. De vez en cuando, se entretenía con una alumna para hacerle algunas observaciones. "En la primavera no se encienden las chimeneas", decía a una de ellas que había pintado en el techo de su casita una humareda muy intensa, a la vez que le ponía 8. Finalmente llegó hasta mi lugar. Tomó el dibujo y lo observó con atención. Era una casa de dos aguas rodeada de una cerca blanca. A lo lejos se veían unas montañas con muchos arbolitos frutales. En el jardín había pintado flores, mariposas y un estanque con un cisne. A un lado se veía a una niña columpiándose. No había duda, el dibujo representaba perfectamente la primavera. Sin embargo, con un rasgo característico de su lapicero, el maestro me puso 7. "Ay, pero ¿por qué?", le pregunté indignadísima. "Porque la niña tiene la cara demasiado naranja. El azul del cielo está muy oscuro. Faltó que lo desvanecieras. Y el verde del pasto te quedó muy irregular", me dijo antes de pasar con la otra compañera. Me quedé helada. No lo podía creer. ¿Siete de calificación? ¡No era posible! Esto no haría más que disminuir aún mi promedio de por sí bajo, y todo ¿porque no tenía colores Prismacolor? "Si por lo menos hubiera tenido el color carne, tal vez me hubiera calificado con un 8", pensaba tristísima. Para colmo una vez más Beatriz había tenido 10 con mención. Hay que decir que era una excelente dibujante.

Súbitamente me puse de pie y me acerqué a su lugar. "¿Me prestas, por favor, tu color carne? Es que el maestro me pidió que corrigiera mi dibujo." Estaba tan contenta Beatriz con su calificación, que con toda espontaneidad me prestó el color. Regresé a mi lugar y por más de cinco minutos hice como que coloreaba el cuerpo de la niña. De pronto sonó la campana de la salida. De inmediato me introduje el lápiz en la manga del suéter y empecé a preparar mi mochila para irme al camión. "Ya vine por mi color carne", me dijo Beatriz con su lonchera escocesa en la mano y su mochila en la espalda. "Ya te lo dejé en tu papelera." "¿Cuándo?" "Cuando estabas metiendo tus libros a tu mochila." "Qué raro, porque no hay nada en mi papelera." "Te lo puse cerquita de tu caja. Se ha de haber rodado al suelo." Beatriz me veía medio incrédula. "Búscalo, a lo mejor lo guardaste y ya ni te acuerdas."

"Niñas, las va a dejar el camión si no se apuran", terció la seño. "Es que le presté mi color carne y no lo encuentro", dijo mi compañera

235

ya con cara de dolor de estómago. "Le juro por la Virgen de Guadalupe que se lo puse en su papelera", agregué con un cinismo sin límites. "Ya váyanse, porque no van a alcanzar el camión", apuntó la maestra ya nerviosa.

Beatriz y yo nos fuimos corriendo por todo el patio. Mientras lo atravesábamos, sentía cómo el lápiz me raspaba el brazo. "Ojalá que lo encuentres", le dije al subir al camión.

Al llegar a mi casa lo primero que hice fue ir al baño. Busqué el color bajo la manga del suéter y al tenerlo entre mis manos, lo besé. Enseguida me fui hacia mi recámara y lo guardé en un cajón del buró. Recuerdo que fui a comer con una cara extraña, tenía una expresión entre gansteril e hipócrita. Ya encerrada en mi recámara, estuve toda la tarde pintando caras, cuerpos, manos, brazos y muchas piernas. En tanto las coloreaba con el color carne, se veían tan reales ante mis ojos que tuve la impresión de que esas caras me miraban fijamente y que me decían: "Eres una ladrona del color carne…". De pronto sentí miedo, y rayé todos mis dibujos. Preferí entonces pintar corazoncitos y conejitos. Durante la cena estuve sumamente callada. Estaba inquieta. Antes de dormir, recé un acto de contrición y prometí a todos los santos del cielo devolver su color carne a Beatriz.

Al día siguiente, mientras que las compañeras se acomodaban en sus respectivos lugares, me agaché como si hubiera encontrado algo en el suelo y exclamé: "Aquí está tu color carne, Beatriz. Ayer se ha de haber rodado hasta mi lugar". Inmediatamente se acercó la dueña y lo tomó. Lo revisó y vio que estaba más chaparrito. Además, la punta se veía como si hubiera sido sacada con navaja de rasurar (pobre de mí, porque tampoco tenía sacapuntas). Estaba a punto de decir que no era suyo, cuando vio mi cara. Tengo la impresión de que advirtió algo extraño en mi mirada, que lo único que se le ocurrió decirme fue: "Toma, te lo regalo".

Revista *Social*

"Antes de la revista *Social*, única en su género y cuya portada plateada era inconfundible, es decir antes de 1935, la gente en México no se vestía para las fiestas, ni las fiestas se reseñaban en los periódicos. Hoy, no puede usted comerse un sándwich untado de jamón del diablo, o salir con sus amigas a las horas matinales, andar en bicicleta en el parque San Martín, sin que surjan cuatro fotógrafos y cuatro reporteros sociales a registrar el acontecimiento y a darle escandalosa publicidad. Nosotros tenemos la culpa. Mire usted lo que hemos desencadenado. Al principio, teníamos que hablarles por teléfono a los amigos: 'Oye, fulana, sabemos que vas a tener una fiesta, ¿quieres permitir que vaya un fotógrafo a retratarla, y darnos la lista de invitados?'. Las familias no querían, se rehusaban, se resistían. Hoy, ya ve usted. Todo el mundo escribe de todo lo que hacen las personas de sociedad. Hubiera usted visto en la ópera la otra noche. No se podía ni caminar por los pasillos; televisión, y radio, y cronistas, y fotógrafos. Creo que había más que gente, y todos vestidos. Y de toda esta plaga, de esta calamidad, yo le digo a Pancho, mi marido, que nosotros tenemos la culpa."

Lo que seguramente no ignoraba la señora Borja Bolado, fundadora y directora de la prestigiosísima publicación, era que su revista

237

mensual se había convertido en la ilusión de miles de lectoras mexicanas. Gracias a sus páginas, muchas de ellas se sabían de memoria el árbol genealógico de todos los duques, condes, marqueses, príncipes y reyes europeos. Sabían en qué fecha se habían casado lord y lady Willoughby y cuántas carrozas tenían. Aunque no asistieran a todas las fiestas, comidas, bautizos y primeras comuniones de las familias que conformaban los conocidísimos "Trescientos y algunos más...", por el solo hecho de estar al corriente de sus acontecimientos sociales tenían la impresión de formar parte de su familia, al mismo tiempo que se hacían ilusión de pertenecer a un mundo sofisticado y sumamente exclusivo. Descubrir las fotografías, ya sea de los aristócratas y de sus palacios, o de las residencias de la alta burguesía mexicana, de los clubes deportivos, de los perros y de los salones y *boîtes* a donde solían asistir los Ortiz de la Huerta, los Rincón Gallardo, los Cortina o los Sánchez Navarro, a muchas de ellas les daba sentido a su vida. Por ejemplo, el día de la coronación del rey Jorge VI, del cual *"le tout Mexique"* se había enterado gracias a la *Social*, muchas de estas lectoras habían ofrecido la comunión por la Reina Madre. De uno de sus reportajes ilustrados, habían recortado el retrato de la familia del duque de Kent, hermano del rey de Inglaterra, acompañados por sus hijos, el príncipe Eduardo y la princesa Alejandra, y lo habían colocado en el interior de un marquito de plata que, tal vez, habían comprado en Taxco. Gracias a la *Social*, se habían enterado del divorcio de Elena de Grecia y el rey Carol II de Rumania. Cuando en sus páginas empezaron a publicarse fotografías del rey Carol y de su amante, madame Lupescu, paseándose por todos los cabarets de México, la observaban, con la ayuda de una lupa, durante horas y horas. Este ejercicio, de alguna manera, les permitía apropiarse de las vidas de estos personajes y así olvidar el tedio de las suyas...

Tachi papá, hombre ¡¡¡maravilloso!!!

Querido abuelo:

Tenía justo un año cuando te fuiste para siempre. No sé si te acuerdas de mí. Para entonces eras abuelo de muchos nietos (José Antonio, Manuel, Jorge, Antonio, Luis Manuel, Alejandro, Margarita, Dolores, Antonia, Eugenia, Natalia, Enriqueta y Enrique), por lo tanto te ha de resultar muy difícil tenernos a todos presentes. Habría que considerar asimismo que para 1946, año en que nací, tal vez te encontrabas enfermo, quizás hasta en cama. Pero si te digo cuál es la única seña particular que tengo, quizá me recuerdes mejor. Estoy segura de que cuando nos presentaron te sonreí, a lo mejor en esos momentos te percataste de un hoyuelo que se me hace en la mejilla izquierda. ¿Ya te acordaste? Bueno, pues ésa soy yo, tu nieta número siete de los hijos de Enrique y Lola.

El que seguramente no me has de haber sonreído, en el momento de las presentaciones, has de haber sido tú. Siempre he escuchado decir que eras muy serio. ¿Te acuerdas de que en el Pino, como llamábamos a la casa familiar paterna que se encontraba a tan sólo una cuadra de la alameda de Santa María, siempre decían: "Los niños hablan hasta que se apaga la vela"? Jamás vi el cirio famoso. No existía. Bonita

239

forma tenía la familia Loaeza Garay para callar a los niños. Si supieras que ahora hasta votan. Sí, ellos también votan en unas elecciones especiales; además, la ONU les ha decretado una carta de derechos; por eso opinan con mucha seguridad acerca de todo: política, ecología, problemas sociales, economía, etcétera. Actualmente existen niños tan precoces que hasta parecen enanos. Lo que pasa es que en tu época no existía la televisión. Un aparato muy extraño cuya imagen entra a la intimidad de tu casa y que te conecta las veinticuatro horas del día con mundos maravillosos, pero también aterradores. Por ejemplo, hay un programa que se llama *Big Brother,* en el que sigues, minuto a minuto, todo lo que hace un grupo de adultos que actúan como niños pero muy, muy mal educados. Esa emisión, Tachi papá, tú no la soportarías ni un minuto. Es más, si pudieras verla, te aseguro que te volverías a morir.

Antes de entrar en materia, me permito poner a tus órdenes a un tataranieto que se llama Tomás, que tiene ocho meses y que es el bebé más bonito que existe en todo el planeta. Tiene los ojos azules como tú y un carácter de oro de 18 kilates. Todo el día sonríe, come de maravilla y ama la vida las veinticuatro horas del día. Él es el primer vástago de Federico, mi segundo hijo. Tuve tres, dos hombres y una mujer. Por cierto, hace apenas unos días, les mostré una fotografía que nos hizo el favor de entregar Manuel Cárdenas en donde apareces como a los treinta y tantos años. Estás sentado en un sillón, vestido de una forma muy elegante con un saco tres cuartos de raya de gis (¿era una levita), el cual se abotonaba nada más con un botón en la parte superior. El cuello de la camisa blanca como de estilo "palomita" sobresale ligeramente de la solapa. Tus maravillosos bigotes atildados y cuyas puntas peinabas hacia arriba, hacen juego con tus pobladas cejas. Se aprecia tu frente amplia y despejada. La mirada es, sin duda, la de un hombre inteligente, pero sobre todo la de alguien exageradamente seguro de sí mismo. Pero lo más llamativo de todo es tu actitud. ¡Qué dignidad, qué elegancia, qué porte tiene el doctor Antonio Arturo Loaeza mientras sostiene entre sus manos un bastón con un puño de oro puro! Dice Antonia, mi hermana, que sí conociste (por ella sé casi todo de ti), que te pareces al barón Robert de Montesquiou, uno de los personajes de Marcel Proust, un verdadero sibarita cuya característica física era su tipo tan aristocrático. Yo le dije que más bien le dabas un aire al poeta zacatecano Ramón López Velarde y exclamó: "Ay, no, para nada. Pobre de mi abuelo. Tachi papá parece un verdadero marqués o un conde". Todavía no terminaba de abrir el sobre que nos había entregado tu nieto consentido con la fotografía, cuando ya le estaba telefoneando a cada una de mis hermanas: "No, no, no te puedes imaginar la foto de Tachi papá. No, no, no te imaginas. Te vas a ir de espaldas. Parece como personaje de película de Visconti. ¡Qué personalidad! ¡Qué clase! Ahora me explico todo. La tienes que ver. Vamos a amplificarla y a sacarle muchas copias para que todos sus nietos tengamos una foto de nuestro abuelo".

Coincido totalmente con Antonia (la llamaron así por ti), tanto que compré un marco de plata especial y coloqué tu foto a un lado de la de tu esposa, Concha Garay Berea, en donde aparece vestida con esas modas copiadas directamente de la *mode ilustrée* de principios de 1900. El vestido es bellísimo, lleno de pliegues, holanes y moños. Ella también tiene una actitud sumamente señorial. Entiendo perfectamente el que te hubieras enamorado de la señorita Garay. Tengo entendido que tú y mi abuela se casaron el 9 de junio de 1899. ¿Que cómo lo sé? Porque entre unas cartas viejas que encontré de mi padre había una firmada por Ricardo Suárez Gamboa que decía así:

Querido Antonio: Acepta mis ardientes votos por tu eterna felicidad. Nadie con más derecho que tú, es acreedor a ella. Buen hijo, buen hermano y excelente amigo, harás un esposo ejemplar. Tengo a mi padre operado de un tumor del cuello y no pude acompañarte esta mañana. Sé tan dichoso, como yo mismo me lo deseara a mí. Te abraza tu amigo que siempre te ha querido bien.

Si naciste en Durango en 1871, entonces cuando te casaste tenías veintiocho años. Tenías cinco de titulado de médico cirujano en la Escuela de Medicina que estaba en la plaza de Santo Domingo. Tu tesis tiene un título de verdad interesante: "Contribución al estudio del catarro gastrointestinal". (¿Qué estornudarán los intestinos cuando una tiene gripa?) Dime abuelo, ¿es cierto que al terminar tu carrera te fuiste a vivir a Europa? ¡Qué suertudo! Seguramente eras de los pocos, poquísimos mexicanos que tenían el privilegio de viajar al extranjero. Sobre todo, si eran asiduos lectores de Amado Nervo, quien ya para entonces publicaba en varios diarios. En 1895 en su artículo "En este país", escribe unas reflexiones que llaman la atención, ya que con los años, cambió totalmente de parecer. Entonces él todavía no había viajado a Europa:

Ya he dicho a todos los padres de familia, amigos míos, que no envíen sus hijos a Europa. Tras de ser inútil y costoso, es nocivo. París pone su sello en esas imaginaciones juveniles, y México no puede borrarlo. [...] ¿Que París es muy bonito? Pues entonces, padres desnaturalizados, ¿cómo quieren ustedes que la pobre criatura que vivió en el cerebro del mundo viva sin enfermarse de tristeza en este país que será, cuando más, el intestino del globo terráqueo? Allá hay muchos teatros, y muchos boulevards, y muchas escenas paradisíacas. Aquí, ni lo último. El vicio es un pobre vicio vergonzante que va de trapillo por calles apartadas. Allá todo el mundo habla francés; hasta en los cafés cantantes lo hablan. Aquí empezamos porque no hay cafés cantantes. Aquí no hay nada... ¡Este país!

242

Creo que tu estancia empezó a partir de 1895. ¿Te das cuenta de que entonces éramos 12 millones 632 mil 427 habitantes? ¿Sabes cuántos somos ahora? Más de 100 millones. Vivir en París en esa época ha de haber sido maravilloso. Si te quedaste más de tres años, entonces tuviste tiempo de tener muchas novias. ¿Cuántas? Si te veías como estás en la fotografía, has de haber sido el típico inspirador de grandes pasiones. ¿Cuántas? Me entusiasma imaginar a mi abuelo en la Francia de la *Belle époque.* Lo imagino dirigiéndose a la Escuela de Medicina de París, que estaba en St. Germain des Prés, muy cerca de la estatua de Danton. Lo imagino yendo al Moulin Rouge donde se bailaba el *can-can* y recitando de memoria aquello que escribió Nervo acerca de las parisinas:

> Mujeres que sólo se ven
> Aquí, como cisnes, pasar,
> Y prometedoras de un bien
> Que no tiene par…
> Prestigio de flores de lis,
> Perfume de labios en flor…
> ¡París! ¡Oh, París! ¡Oh, París!
> ¡Invencible amor!

También imagino al abuelo visitando los museos para conocer los nuevos cuadros de Toulouse Lautrec o de Monet. Lo imagino leyendo el periódico sentado muy a gusto en una de las mesas del Café du Dome y tomando una copa de ajenjo. Y lo imagino paseando por los jardines de Luxemburgo y asistiendo a una cita de amor en un cafecito de la Rive Gauche. ¡Qué envidia! Dime, abuelo, ¿conociste al doctor Pasteur? ¿Llegaste a ir a una de sus conferencias? Estoy loca, ¿verdad que para entonces él ya se había muerto? Bueno, pero tal vez conociste a su viuda, ella también fue todo un personaje puesto que se encargó de comercializar muchos de los productos que había desarrollado su marido. De lo que sí estoy segura es que tu profesor en París se llamaba el Dr. Babinski, que le da el nombre al reflejo de la cosquilla en la planta del pie para diagnosticar algún problema neurológico y que te daba clases de padecimientos del sistema nervioso. Me pregunto si era judío. Si lo era entonces, en esos años, ha de haber estado sumamente indignado con el caso Dreyfus. Seguramente entonces no se hablaba de otra cosa en todos los diarios franceses más que del capitán Alfred Dreyfus, acusado en 1894 de espionaje a favor de Alemania y condenado a prisión perpetua en la isla del Diablo. ¡Qué injusticia y todo era por su condición de judío! ¿Estabas todavía en París cuando el periódico *L'Aurore* publicó el *J'accuse* de Émile Zola donde le pide al presidente Félix Faure que revise el proceso Dreyfus? El escritor francés ya había publicado una carta que se llamaba: "*La Lettre a la jeunesse*" (7 de enero de 1898), donde al dirigirse a los jóvenes se pregunta: "*Est-ce que la jeunesse est capable de déjà être antisémitisme?*". Asimismo, les suplica que piensen por ellos mismos en lugar de aceptar todas las convenciones del gobierno. Y a raíz de esta publicación se creó una nueva corriente de jóvenes intelectuales, entre los que estaba nada menos que Marcel Proust. Entonces este caso había dividido no nada más a los intelectuales sino a toda la opinión pública francesa: los "Dreyfusards", que luchaban por la justicia y la verdad, y los "anti-Dreyfusards" que, según ellos, estaban por la razón del Estado y la unidad de la patria. Como leí en uno de los números de tus *Ilustraciones Francesas* que por cierto heredó tu nieta Antonia, a propósito de la muerte de Dreyfus el 12 de julio de 1935 a los 76 años: "*Avant la guerre mondiale, l'affaire Dreyfus aura eté le plus grand événement de l'histoire contemporaine*". Si te lo escribo en francés, es porque sé que lo llegaste a dominar muy bien. Que lo leías y escribías casi perfectamente. *Bravo, grand-père!* Fíjate, abuelo, que en la lápida de la tumba de Dreyfus que está en el panteón Montparnasse, su familia mandó escribir las declaraciones que hiciera Émile Zola durante el proceso ante el jurado. Dicen: "No quise que mi país se mantuviera en la mentira y en la injusticia. Un día, Francia, me agradecerá por haber salvado su honor". Pobre de Zola, porque después de haber publicado su famosísimo *J'accuse*, tuvo que pagar tres mil francos de multa y pasar todo un año en la cárcel. Te confieso que cada vez que evoco esto me decepcionan los franceses. Fíjate qué tan soberbios son los franceses que, de hecho, nunca lo declararon inocente, sino que le otorgaron un perdón presidencial.

Ahora cuéntame, abuelo, qué sentiste cuando viste, *la Tour Eiffel* por primera vez. Cuando llegaste a la Ciudad Luz apenas llevaba seis años de haberse inaugurado en la Exposición Universal. Según Nervo, había mucha gente que la *injuriaba* porque no era arquitectónica ni bella, ni nada. Sin embargo, al poeta sí le gustó mucho, incluso le escribió algo precioso y que dice: "La Torre Eiffel no pretende más que una cosa: estar cerca del azul; es una interrogación de hierro sobre el abismo, es un enorme signo de admiración ante las estrellas impasibles...". Dime si te subiste, ¿y qué viste desde esas alturas? ¿En qué o en quién pensaste en ese momento? "Ah, pero qué nieta tan metiche", quizá pienses. Tienes razón, soy una entrometida incorregible. Dime, ¿a quién te recuerdo? Tú y yo sabemos a quién, ¿verdad? Lo que sucede, abuelo, es que soy escritora, por eso mi imaginación suele volar y volar. A veces ni yo misma la puedo parar....

Después de París, te fuiste a Berlín, capital de Alemania desde 1870, una simple capital que pretendía transformarse en una metrópoli cuyo progreso económico, de entonces, era sorprendente. Las empresas más importantes y las familias más pudientes se habían trasladado a Berlín. Todos los jóvenes alemanes de la época se querían ir a vivir

245

allá porque los museos se habían enriquecido bajo el reinado del emperador Guillermo; el teatro, la literatura y la pintura estaban en pleno apogeo. Te apuesto que, entre clases y clases de tu profesor Krause, te dabas tus buenas escapadas. No sé por qué imagino que las berlinesas de esa época nada tenían que ver con las parisinas de las que te habías despedido. Seguramente, las primeras eran muy ordenadas y eficaces, pero medio antipáticas, ¿verdad? Dice el escritor austriaco Stefan Zweig en su libro *El mundo de ayer*, y que estuvo en Berlín en la misma época que tú: "las mujeres asistían a las funciones teatrales con vestidos de mal gusto, confeccionados por ellas mismas…". Describe a su casera malencarada. Siempre que tenía que pagar su mensualidad le cobraba por separado todo aquello que había hecho excepcionalmente: coser un botón o quitar una mancha de tinta de su escritorio. Había meses que, por la adición de todos sus esfuerzos, sumaba hasta ochenta *pfennigs* de renta. Estoy segura de que, dado tu carácter, no has de haber congeniado para nada con la disciplina y la rigidez teutónica.

Oye, abuelo, ¿y tu pequeña herencia te alcanzaba para todas tus necesidades, incluyendo tus diversiones?

Según Amado Nervo, los jóvenes que regresaban de Europa: "ven con tristeza que ni la Europa culta entró en ellos, ni ellos trajeron de esa Europa otra cosa que gérmenes de profundo hastío por todo lo que no es París, y de desprecio profundo para todo lo que es México". Dime si al regresar a tu patria, ¿alguna vez sentiste ese *hastío* del que habla Nervo? ¿Verdad, abuelo, que a ti sí te entró la "Europa culta por cada uno de tus poros"? A tal grado fue así, que a tus hijos los educaste volcados hacia la cultura. Sé que siempre les hablabas de todos los beneficios que habías recibido de esa estancia en Europa. Además, sé que tú jamás sentiste *desprecio profundo* para todo lo que era México. Al contrario, una de tus obsesiones era servir a la patria. No en balde

246

heredaste de tus antepasados tu gran sentido patriótico. Lo más chistoso de todo es cómo cambia de parecer nuestro poeta una vez que el periódico *El Imparcial* lo envía, precisamente, a París, como vocero. Entonces sí se vuelve loco por esa ciudad "que llenaba sus oleadas de palacios hasta las riberas del infinito; París, que no acaba, que no podía acabar, que no tenía límites… París, que no sólo era cerebro, sino vísceras y miembros del Universo". ¿Qué te parece la declaración de amor? Te voy a confesar algo, abuelo: yo hace muchos años, también, vivo ena-mo-ra-da de París. ¿Qué tanto me habré enamorado en una época no muy remota que hasta un día le pedí, por escrito, que se casara conmigo? Será porque lo conocí desde jovencita y de alguna manera es mi primer amor serio. Será porque me adoptó de inmediato y desde entonces no me ha soltado, o será porque en alguna otra vida fui una sufragista furiosa que luchaba por que las francesas pudieran votar y así contribuir, aunque hubiera sido con un granito de arena, para que Francia se convirtiera en el país que es. No quiero imaginar la locura de amor que hubiera padecido si lo hubiera conocido durante la *Belle époque*.

No puedo creer que cuando regresaste a México todavía estaba en el poder Porfirio Díaz. Le faltaba muy poquito tiempo para que se reeligiera por ¡quinta ocasión! No lo puedo creer. Además, llegaste en un mal momento, Limantour acababa de firmar los contratos para la conversión de la deuda extranjera de México. Si retornaste a nuestro país a mediados de 1898, entonces tal vez participaste en el concurso de la Academia Nacional de Medicina en el que se proponía un estudio estadístico de la mortalidad en la capital, precisamente por un mal del que te ocupaste en tu tesis, por las afecciones gastrointestinales. Tenías que informarte qué había sucedido en los últimos diez años, sus causas y sus medios higiénicos, los cuales debías recomendar para disminuirla. Dime, abuelo, que sí participaste en el concurso y que ganaste el primer premio que consistía en 500 pesos. Dime que con ese dinero te casaste y que con lo que sobró mi abuela y tú se fueron de luna de miel hasta Cuernavaca en ferrocarril, ruta que se acababa de inaugurar con destino hasta Iguala.

Abuelo, cuando pienso en todo lo que viviste, te lo juro que se me pone la piel de gallina. Veamos nada más algunos periodos de la historia de México y mundial: las tres décadas que duró el porfirismo; la Revolución mexicana, la Primera Guerra Mundial, la Revolución rusa del 17, la guerra cristera, la guerra de España, la Segunda Guerra Mundial y la gran marcha de Mao. Me impresiona que hayas sido testigo del cambio de siglo XIX al XX. Tú viste nacer la luz eléctrica, el automóvil, el teléfono, el cine, la radio, la penicilina, el psicoanálisis, la aeronáutica, los rayos X, la radiactividad, la cafiaspirina, la navaja de afeitar y el refrigerador. ¿Quién te iba a decir cuando venías de Durango a estudiar medicina, en una diligencia en la que te tuvieron que amarrar por los brincos que pegaba el vehículo y los baches del camino, que verías todos estos adelantos? Seguramente, abuelo, escuchaste cantar en México a Enrico Caruso, a Ángela Peralta y a Fanny Anitúa, tu paisana. Fanático de los toros como eras, sé que tu primer ídolo fue Ponciano Díaz. Después Antonio Fuentes, luego tu gran amigo Ricardo Torres, "Bombita", y "Cagancho". Lo más probable es que hayas visto torear a Manolete, a Gaona, a Lorenzo Garza, a Silverio Pérez, al "Soldado" y a otros muchos más, cuyos nombres se me escapan en estos momentos. Probablemente viste bailar a la Pavlova y a Isadora Duncan. Has de haber entonado canciones de Guty Cárdenas, de Ricardo Palmerín ("Tin Larín", como le decías) y, sobre todo, de Agustín Lara. Aunque no sabías bailar, dime, abuelo, que sí bailaste con mi abuela los tangos de Santos Discépolo y que cantaste junto con Carlos Gardel. Tengo entendido que no te gustaba mucho el cine, sin embargo, quiero pensar que te reías mucho con las películas mudas de Charly Chaplin,

Harold Lloyd, Buster Keaton y Harry Langdon. ¿Quién era tu "vampiresa" predilecta? ¿Theda Bara o Clara Bow o Gloria Swanson o Mae West? ¿Te gustaba Josephine Baker? Dime si mi abuela estaba enamorada de Rodolfo Valentino…

En 1905, recién fundado el Hospital General, te convertiste en jefe del Servicio de medicina interna. Estoy segura de que fuiste invitado a la inauguración que se llevó a cabo el 5 de febrero de ese mismo año. ¿Saludaste a don Porfirio? ¿Qué te dijo? Porque seguro te reconoció. ¿Qué impresión causó el resumen de tu trabajo sobre el paludismo que presentaste en el Congreso del Centenario? Empiezas diciendo: "La solemnidad inmensa de este augusto recinto, nacido de las titánicas facultades Artísticas Nacionales, bajo el impulso del actual Poder público, sobrecoge mi espíritu, tanto más, cuanto que está destinado por el mismo Supremo Gobierno, para que en el se verifiquen los más culminantes torneos científicos y así ha sucedido en efecto". Dios mío, qué estilo tan solemne y elocuente, abuelo. Si entiendo bien, Díaz no te caía mal. ¿Cómo que Supremo Gobierno? Ya sé que así se llamaba, sin embargo no deja de llamarme la atención. Tu pieza oratoria se tituló *Estudios acerca del paludismo*. Después de que mencionas los adelantos científicos en relación con este padecimiento, leo un párrafo que me gusta mucho y que dice: "Y existe otra [razón para estar ante el "Supremo Gobierno"], para mí la absoluta, la que sobrepongo y sobrepondré en mi vida, a todos mis temores, a todas mis deficiencias, aun al amor de mis padres, de mi esposa, de mis hijos, esa razón, señores, es la Patria". ¡Qué bonito! Créeme que ya nadie habla así, pero, lo que es peor, ya nadie piensa así. Dices que para glorificar su Independencia, se verifican los estudios que estabas haciendo en esos momentos sobre el paludismo y "entonces sí, mis humildes fuerzas se agigantan, hasta donde mi corto espíritu lo permite; me siento capaz de todo, es decir, capaz de verificar cuanto yo puedo". ¡Qué bonito!

Líneas abajo les anuncias a tu "ilustrado auditorio", una magnífica noticia: "que la enfermedad que me ocupa es enteramente curable, y curable con seguridad, con absoluta seguridad, tanto, que la medicina con la cual se cura el Paludismo es de las substancias que pueden ostentar con justicia, el título de específica, y como si esto no fuera bastante para convencer a los espíritus incrédulos, respecto de la utilidad de la Ciencia Médica, hay más, señores, hay mucho más". ¡Qué vehemencia y que pasión por lo que estabas haciendo, abuelo! Más adelante recurres a una metáfora espléndida para ejemplificar, desde los tiempos prehispánicos, la lucha contra esta dolencia. Más que metáfora, es una fábula que consagra uno de sus más interesantes capítulos a la Hidra: "monstruo de 9 cabezas que habitaba las orillas del lago Lerma, con esto se indicaba que las orillas de los pantanos son mortíferas, porque la Hidra segaba como ninguna otra fiera, numerosas vidas, como siega el Paludismo; por eso Hércules el fuerte, fue mandado a destruirlas y aun cuando con trabajos mil, lo logró, ayudado al decir de la leyenda, de su Escudero favorito, Yolaus, quien le curaba las heridas inferidas por aquellas 9 cabezas, que ni terminadas se agotaron, porque vinieron otras dos, que aumentaron los trabajos de Hércules, ascendiendo cuando al fin triunfó, hasta ser uno de los Dioses. El ascenso si se refiere a que la Hidra sea únicamente el Paludismo, no fue merecido, porque viene superviviendo con la humanidad, hasta nuestros días, y la Hidra, está allí en pie, segando como entonces numerosas vidas, que le arrebatan hoy de un modo decisivo, Laveran y Ross y todos sus colaboradores". ¡Qué literario, me gusta, me gusta mucho! Gracias a tu discurso sé que Carlos Luis Alfonso Laveran, médico francés, y Ronald Ross, inglés, fueron dos sabios, dos premios Nobel y dos gigantes de la ciencia, los descubridores, precisamente, del parásito que causa la enfermedad. Estoy segura, abuelo, que tus palabras impresionaron mucho a don Porfirio, a lo mejor mientras hablabas hasta pensó

250

que deberías formar parte de su gabinete. Además, seguramente él ya tenía conocimiento de los trabajos de avanzada que efectuaste en el hospital San Andrés y en el Instituto Médico Nacional. No en balde, después de unos años, ingresaste a la Academia Nacional de Medicina, donde fuiste secretario general dos veces. Sé, abuelo, que los médicos más distinguidos de México han estado allí y, para tu mayor satisfacción, te puedo decir que también fue miembro tu nieto, Manuel Cárdenas Loaeza. Algo muy importante has de haber tenido que ver con esa designación. ¿Y sabes qué, abuelo? Estoy casada con un médico. Se llama Enrique y es epidemiólogo y patólogo. De haberlo conocido, te hubieras llevado tan bien con él. Él es como tú, igual de inteligente, austero, discreto, profesional y amante de la cultura.

Abuelo, cómo me hubiera gustado conocerte. De estar vivo, te hubiera llevado al Pino a mi nieto Tomás. Sentados en el saloncito que tenía mi tía Concha al entrar a su recámara, mientras tomábamos una taza de té y Tomás hubiera estado jugando con su muñeco Hulk, te hubiera preguntado mucho sobre los toros, a propósito de nuestros antepasados que tomaron parte contra la Intervención francesa y de cómo conociste a Tachi mamá, la abuela. Pero sobre todo, hubiéramos hablado de tu hijo Enrique, mi papá. Por cierto, el otro día encontré el discurso que le escribiste cuando se recibió como abogado. Si me permites te lo voy a transcribir, para que revivas esos momentos de tanta felicidad.

Hay momentos en la vida de los hombres, en que se produce inmensa satisfacción en medio de los sinsabores que la vida misma nos acarrea constantemente.

Los momentos a que aludo, son tan excepcionales y fugaces, que cuando se verifican, nos dejan verdaderamente atónitos. Yo confieso a ustedes que el Todopoderoso permite para mí, padre de Enrique,

251

la realización de esta dicha, al ver, que en buena parte por su propio esfuerzo ha logrado obtener el honroso título de abogado, en los Tribunales de nuestra República. Pero ese esfuerzo, Enrique, no habría sido tan completo, si no lo hubiese guiado un mentor tan honorable, tan bondadoso y tan sabio, como lo ha sido cerca de ti, mi respetado y querido amigo, el Sr. Lic. Don Antonio Pérez Verdía. Solamente estando al tanto de los hechos, relativos a tu vida, Enrique, se puede asegurar que el Sr. Lic., así como sus apreciables hijos Jacobo y Enrique, y no menos cada uno de los distinguidos abogados del despacho Pérez Verdía, ayudaron a la formación de tu carácter, manteniéndote siempre en el trabajo, siempre en las actividades de abogado, y lo que es más, siempre en el papel de caballero, para lo cual es indispensable todo el ascendiente de persona tan meritoria, como lo es Ud. Sr. Lic. Pérez Verdía.

Igualmente han sido de eficaz ayuda para ti, Enrique, la bondadosa amistad y los consejos, así como el vivo ejemplo de amigos nuestros como lo son los señores aquí presentes, al igual que mis familiares, para cada uno de los cuales tengo el mismo afecto y agradecimiento por la razón que acabo de emitir.

Por eso señores, al estimar en lo que vale la presencia de ustedes, bajo el techo de este hogar, que es todo vuestro, con lo cual completan la felicidad de Enrique y la mía, invito a todos a levantar las copas para saludar al nuevo abogado y terminaré diciendo a éste, que quiero dejarles a Uds. mismos como ejemplos vivos de honradez, de laboriosidad y de talento, pues yo, como su padre, deseo sean ésas las normas con las cuales atraviesa la existencia. Señores mucha salud y felicidad. Salud y dicha, señor Licenciado Enrique Loaeza.

¡Qué bonitas palabras! ¡Qué orgulloso te has de haber sentido, abuelo, en ese día tan importante! Sin embargo, hay algo en el texto que me salta. La completa omisión de mi madre. Si mal no recuerdo, ella fue, no sé si como novia o ya como esposa, fundamental para que mi padre se recibiera como abogado. Tengo entendido, incluso, que era mi mamá la que pasaba en limpio sus apuntes y que se rehusaba a salir a cualquier parte para que mi padre no se distrajera. Incluso mi mamá me contó un día que en varias ocasiones lo había encerrado en su habitación, como lo hiciera la novia de González Bocanegra para que terminara de escribir la letra del Himno Nacional. Finalmente, mi padre escribió su tesis gracias a mi mamá, de lo contrario, abuelo, no se hubieran casado, lo cual hubiera sido una verdadera tragedia para tu hijo, quien por cierto estaba locamente enamorado de su prometida y única novia por siete años. En fin, no quisiera entrar en este tipo de detalles totalmente estériles. Lo importante es el apoyo, el reconocimiento y, especialmente, el amor paterno con que pronunciaste ese discurso tan emotivo.

¿Qué tal era Tachi papá como maestro de la facultad? Si te pregunto, es porque desde que regresaste de Europa, en 1898, fuiste, después de haber ganado varios concursos, docente de la cátedra de Clínica Interna Propedéutica. Y de 1910 a 1928 también fungiste como profesor de Clínica Médica en la misma escuela. El caso es que entre tu consultorio (que también estaba en tu domicilio), tus clases, tus visitas al hospital, tus investigaciones, tus trabajos y monografías y tus congresos por toda la República no has de haber tenido mucho tiempo libre, salvo para tu familia y los toros. ¡Qué abuelo tan prolífico!

¿Me creerás, abuelo, que me da tristeza despedirme de ti? Has de saber que, entre varias interrupciones, te escribí esta carta a lo largo de tres días. Creo que en ese lapso me acerqué a ti, lo cual nunca me había sucedido antes. En otras palabras, me gustó estar a tu lado en ese lapso, porque no nada más te redescubrí, sino que te sentí cercano. De hecho, es la primera vez en mi vida que me dirijo a un abuelo.

Ahora me falta hacerlo con el materno, don Rafael Tovar y Ávila, que también, a su estilo, fue todo un personaje. ¿Te acuerdas de él? Un hombre trabajador, honesto y de principios bien sólidos. Ah, se me olvidaba decirte que si decidí escribirte esta misiva tan larga, era para abrir el libro que se llama *Hombres ¿maravillosos?* Es evidente que por lo que a ti se refiere, no vienen al caso los signos de interrogación, en su lugar, pondría varios de admiración, aunque la Real Academia de la Lengua no lo permita. Así mira: *Tachi papá hombre ¡¡¡maravilloso!!!*

Saludos a la abuela, a mi padre y, de paso, no te olvides, por favor, de saludarme también a mi madre. Estoy segura de que los cuatro se encuentran en el cielo, discutiendo sobre lo mal que lo está haciendo el pobre de Vicente Fox. Aunque mi padre fue fundador del PAN, seguramente nunca hubiera votado por él y ni mucho menos tú.

¿Por qué? Porque es el hombre más alejado de la cultura que conozco.

Te quiere y está orgullosísima de Tachi papá, tu nieta (la del hoyuelo en la mejilla izquierda).

Guadalupe

Madame Durand

Para mi queridísima Elena Poniatowska

Todavía me veo corriendo y llegando tarde siempre que iba a buscar a mis tres hijos *chez Mme. Durand,* como decíamos las señoras-niñas-bien al referirnos al colegio maternal y de primaria más exclusivo de la Ciudad de México. El problema era estacionarse en las calles de Eugenio Sue en la colonia Polanco. A esas horas, una de la tarde, ya se encontraban estacionados en doble fila decenas de Grand Marquis, Chrysler Le Baron, Ford Mustang, y uno que otro Renault 18 último modelo de la década de los ochenta. En la puerta de una vieja casa estilo californiano de los cincuenta estaban la directora, madame Durand y sus dos hijas, Giselle y Danielle (las tres de ojos azules y con la tez siempre bronceada) llamando a los niños cuyos apellidos brillaban por su presencia: Azcárraga, Peyrelongue, Pinsón, Molina, Redo, Cortina, Corcuera, Suberville, Malet, Couttolenc, Legorreta, Carral, Landucci, Madero, etcétera, etcétera. Mientras salían los niños todos y todas enfundadas con su uniforme, una batita de cuadritos rojos y blancos, a las afueras del colegio se iban formando dos grupos totalmente opuestos: el los de los choferes con las nanas y el de las mamás impecablemente bien vestidas, peinadas, bronceadas, maquilladas y manicuradas. En esa época sus conversaciones giraban alrededor de las devaluaciones, de sus viajes, de sus fiestas y de sus *weekends* en Tepoz o en Valle. Las que llegaban medio "fachosas" y por añadidura eran pobretonas, ellas de plano optaban por no bajarse del coche.

En suma, tener a sus hijos *chez Madame Durand* era un *must,* que hacía toda la diferencia… De ahí que fuera el colegio más indicado para las señoras que acababan de llegar de la provincia y que querían relacionarse socialmente hablando; para las consideradas *new rich*; pero sobre todo resultaba ideal para los hijos de políticos millonarios obsesionados por integrarse entre la burguesía mexicana.

Por muy *snob,* pretencioso y hasta elitista que hubiera sido el *Madame Durand,* ya sea por su cupo limitado o por el hecho de que el programa venía de Francia, el caso es que era, sobre todo, un excelente colegio cuyo nivel de enseñanza resultaba superior al de muchos otros privados. Todos sus alumnos salían escribiendo y leyendo; salían recitando a La Fontaine en francés; salían con muy buenos modales, pero sobre todo, salían con unas bases sumamente sólidas para emprender el vuelo en otro plantel. Por lo general, los descendientes de familias francesas se iban al Liceo Franco Mexicano. En cambio, los de las familias mexicanas más conservadoras optaban por el Regina o por el del Bosque para sus niñas y por el Cumbres o por el Irlandés, para sus niños. No obstante, sus diferentes destinos, el solo hecho de haber pasado por los salones del *Madame Durand* era como un sello de garantía; bastaba con que se reencontraran en cualquier lugar para reconocerse, pero sobre todo, para identificarse como un digno o una digna alumna de madame Durand o de una de sus dos hijas.

En todo esto pensaba ayer por la tarde en uno de los teatros Manolo Fábregas, mientras a lo lejos escuchaba a madame Danielle Durand explicando, con la voz entrecortada, por qué se veía forzada a cerrar para siempre el colegio de su madre, después de cincuenta y siete años de haber abierto sus puertas, a "causa de fuerza mayor". Gracias a una señora muy linda que se encontraba sentada a mi lado, me enteré de que en realidad la razón principal por la que se veían obligados a abandonar la casa de Eugenio Sue no era tanto por su elevada renta, de por sí pesada para su presupuesto, sino porque sus dueños deseaban construir en su lugar un gran edificio. Algo que siempre se le reconoció a la familia Durand es que su colegio nunca lo vieron como un negocio; dinero que ahorraban, dinero que invertían en magníficos maestros y en mejores servicios para su alumnado. Una vez que Dany (de jovencita era muy semejante a Brigitte Bardot), como todo el mundo la llama, evocó a su madre, hermanas y a su hermano Jean-Claude (q.e.p.d), antiguo administrador, habló de las tres generaciones de alumnos y alumnas que habían pasado por las aulas del colegio y por su *mini-cours* que ya llevaba veinte años. "Aquí están entre nosotros, los abuelos, los padres, los hijos, los nietos y hasta los bisnietos de muchos de los alumnos. A todos les digo: muchas gracias", decía con los ojos llenos de lágrimas. Enseguida le dio la palabra al primer alumno de *chez Madame Durand* en 1950. Cuando a lo lejos descubrí a este señor medio canoso y de anteojos en el escenario, no lo podía creer. Era nada menos que Claude Jean, un pretendiente muy tenaz que tuve a los dieciocho años. Me dio gusto y a la vez tristeza. La idea de todos esos años transcurridos, entre su primera infancia y la adolescencia, época en que lo conocí, me aterró. "Un ciclo al que llamaré 'Durand' ha terminado. Un ciclo cuya característica siempre fue la vocación por la enseñanza, la gran disponibilidad y un enorme afecto por los alumnos del curso de Lulú Durand, su fundadora. Deseo ahora rendirle homenaje de parte de los que fuimos sus primeros alumnos y de aquellos que ya no están entre nosotros como mis grandes amigos Jean-Claude Durand y Jean-Paul Barbaroux. Fue Jeannie, la hermana de

Lulú, quien después tomó la estafeta; luego vino Chantal, y al cabo de un tiempo, la tomó Dany, la heredera de la vocación a la que aducía líneas arriba, y quien permitió inculcar a nuestros hijos los valores de siempre, pero que sobre todo, les enseñó el arraigo a la francofonía. Por todo lo anterior, deseo agradecer a Dany, gracias por haber estado aquí. Por lo que me concierne, le agradezco también por permitir que mi nieto se haya beneficiado de la educación 'Durand', a pesar de que fue por muy poquito tiempo. ¡Gracias, Dany!", terminó por decir Claude Jean sumamente conmovido.

La señora de al lado estaba prácticamente en lágrimas. "Es que este colegio representa *la belle France;* es que nadie del gobierno francés ayudó a la familia Durand; es que con este cierre se acaba toda una época; es que si Dany aceptaba una injerencia de más de cincuenta por ciento, se vería obligada de rendir cuentas, y ni su mamá ni ella están acostumbradas a eso; es que una ética moral como la de la familia Durand ya no existe." Para ese momento, también yo tenía ya un nudo en la garganta. Mientras tanto, en el escenario Dany seguía homenajeando con un perfume a las maestras, a las nanas de toda la vida del colegio, al portero, a los mozos, a los músicos, a las secretarias, a Olga, la nieta de la mejor colaboradora de madame Durand.

Una pérdida más… Una pérdida irremplazable. Ya no habrá Madame Durand, ya no se cantará su himno que decía:

> Cada día aprendemos a volar más alto,
> Cada día aprendemos una lección…

¿Quién es ese señor?

Ese señor se llamaba Francisco Gabilondo Soler; era un señor muy guapo, de ojos claros que tenía el don de vivir y de cantarle al mundo de los niños. Siendo aún muy pequeño, no tenía ni nueve años, descubrió lo que era la tristeza; nunca se imaginó que la ausencia de una madre causara tanto vacío, pero sobre todo, tanto dolor. A pesar de que doña Emilia Soler Fernández gozaba de una vida aparentemente plena y confortable, al lado de don Tiburcio Gabilondo Soler, tenedor de libros de la Cervecería de Orizaba, un buen día ya no acudió al colegio Manuel Oropeza, donde su hijo cursaba la primaria. Esta falta extrañó profundamente a Francisco, porque ella nunca fallaba. Llegando a su casa, por más que buscó a su mamá por todos lados, nunca apareció. Doña Emilia ya estaba muy lejos; para colmo, su corazón ya no le pertenecía al papá de Francisco, sino a Enrique González, un potentado avicultor, propietario de muchos terrenos por el sur de la ciudad.

Afortunadamente, allí estaba la abuela, doña Emilia Fernández Flores; ella fue la que se quedó con Francisco y sus dos hermanos. Además de ocuparse en cuerpo y alma de ellos, por las noches, les leía cuentos cuyos personajes parecían cobrar vida ante los ojos de Francisco. ¡Qué vuelo le daba a su imaginación los relatos narrados por esa abuela tan bondadosa! "Ahora dinos, ¿qué guardas en ese ropero, abuelita?", le preguntaba el niño ávido por satisfacer su curiosidad. Era evidente que ni las tareas ni la escuela tenían que ver con lo que a él le gustaba soñar, de ahí que nada más terminara la primaria para alejarse de ese colegio tan aburrido para un niño tan fantasioso. No obstante, cuando ya tenía quince años, en lugar de estudiar, Francisco se iba a nadar y a practicar box a los baños Mancera. Fue en esa época en que lo mandaron a estudiar linotipo a Nueva Orleans, pero en lugar de aprender este oficio, se fue a tocar jazz.

A los dieciocho años, el mismo señor de quien hemos estado hablando, se enamoró. Sí, se enamoró de una niña bien, llamada Rosario Patiño Domínguez. Se hicieron novios y cuando se casaron, Francisco ya era campeón estatal peso welter. Para mantenerse en forma, seguía yendo diariamente al gimnasio. Una tarde descubrió una pianola que estaba en uno de los salones del deportivo. De pronto se le ocurrió tararear lo que después se convertiría en una de las canciones predilectas de millones de niñas y niños mexicanos, en homenaje a su abuela, quien había muerto años atrás en 1927: "El ropero". Ese mismo año de 1934, Francisco compuso "La patita", inspirada precisamente en doña Rosario, a quien le decía "Mamá Patito", y quien sin duda era el sostén económico de la familia, ya que era publicista de los productos La Campana, que se anunciaban en la XEB y la XEW. Por lo tanto, el "pato sinvergüenza y perezoso" es el mismo Francisco. Gracias a las relaciones de su esposa, Francisco estrenó su primer programa *Cri-Cri, el grillito cantor* en la XEW, el 15 de octubre de 1934, el cual duró veintisiete años al aire. Más tarde, doña Rosario se convirtió en la gerente de ventas de ambas estaciones, teniendo como anunciantes del programa de Francisco a la Lotería Nacional, a Nestlé y a los productos La Campana. Él componía y ella, con una enorme habilidad, comercializaba los programas.

Para 1935, ese señor llamado Francisco Gabilondo Soler ya era famosísimo. Todos los niños de México cantaban sus canciones y él apenas tenía veintisiete años. Dicen que le llovía el dinero; guapo como era ese señor, también le llovían mujeres. Esto, claro, ya no le gustaba tanto a doña Rosario. Un día recibió una carta de Francisco que venía de Argentina.

Buenos Aires, 20 de diciembre 1940

Charito linda:

Quiero que conozcas exactamente las dificultades con que he tropezado aquí: 1º. Un convenio de artistas radio-teatrales con sus respectivos empresarios para evitar que trabajen los artistas extranjeros más de 6 semanas por año; además el 80% del tiempo de cada programa debe ser cubierto por música de autores argentinos exceptuando escritos clásicos. 2º. El poco interés de las radiodifusoras locales en un número "para niños" que encuentran de difícil colocación en el comercio. 3º. La actual temporada de verano en que, igual que en México, disminuye la publicidad. 4º. La mala situación a causa de la guerra dado que este factor vive exclusivamente de sus exportaciones a Europa. 5º. La incapacidad en que me ponen las leyes para registrar mis obras y actuar personalmente por la forma en que entré al país. 6º. Mi desastrosa presentación; cosa que aquí es el 100% 7º. La debilidad que tengo y que no me dejan tocar en las cantinas para ganar la comida. He sido valiente, constante e ingenioso pero las circunstancias y sólo un milagro me puede sacar adelante. Con mi último peso te escribo para desearte feliz año nuevo. ¿Te acuerdas de aquella vez que nos emborrachamos y cantamos?... No creas que te escribo para pedirte dinero; yo no merezco nada, he sido muy malo contigo: en

México hay otra mujer. Yo te quiero mucho y créeme que es una tortura tener el corazón dividido; para probártelo te envío un retratito que siempre traigo conmigo; por favor devuélvemelo, aunque te enojes por lo que te dije.

Me paso el día ansiando en que llegue la noche, porque cuando me sube la calentura veo cosas maravillosas. Vienen Cri-Cri y los enanos y animales muy raros, todos se sientan a los pies de la cama, por la calle pasan barcos que apenas caben entre casa y casa. No creas que son mentiras porque la otra noche el borreguito dejó lana en el suelo. Luego pasan sombras frías y en el cielo se ve un arco iris de estrellas, la luna se vuelve cruz. Lo que no me gusta es cuando el río tapa la ciudad; luego hay que secarlo todo y amanezco muy cansado... Bueno ya no te aburro más con mis cosas. Necesitarías tener ojos de resplandor, ojos que rompieran espejos. Adiós.

¡¡¡Viva la lotería!!!

Como la sota moza, Patria mía,
en piso de metal, vives al día,
de milagro, como la lotería.

RAMÓN LÓPEZ VELARDE

La primera vez que me regalaron un "huerfanito" fue cuando cumplí ocho años. "Éste es mi regalo, si te sacas la lotería, vas a ser millonaria", me dijo mi abuelo, a la vez que me entregaba un billetito todo arrugado, creo que terminado en 7. A pesar de que durante dos días elevé mis oraciones a la Virgen de Guadalupe para que tuviera por lo menos reintegro, desafortunadamente no me gané nada, lo cual lamenté profundamente, ya que si mal no recuerdo, el premio mayor era de 30 millones en tres series, es decir que si mi número hubiera salido ganador, tal vez no me hubiera hecho "millonaria", pero sí ¡rica! Desde entonces, cada vez que compro un billete lo hago con terminación 7. "Algún día me lo ganaré", me digo ilusa.

En esa época don Rafael (quien ya se había ganado la lotería en dos ocasiones) y sus hijos, es decir mis tíos, eran unos verdaderos fanáticos de la Lotería Nacional. No había semana en que no compraran una serie, tres o dos cachitos o de perdida, "un huerfanito". Cada uno de ellos tenía su propio vendedor, su propio expendio y su propio número favorito. Por ejemplo, mi tía Guillermina siempre compraba su billete de la lotería con una jorobadita. "Vengo hasta acá, al Reloj Chino, porque los jorobados son de buena suerte", me decía mientras caminábamos por las calles de la Roma. Por lo general, mi tía siempre compraba su serie terminada en 19, por el día de san José, o en 12, por la Virgen de Guadalupe. El billetero de mi tío Ángel siempre le llevaba sus billetes a su oficina de las calles de Juárez, y podía esperarlo hasta dos horas con tal de venderle su serie. Mi tío Luis se lo compraba a un vendedor elegantísimo, vestido con un traje de tres piezas gris perla, en la solapa lucía un clavel; en la cabeza, un sombrero de bombín, y polainas en sus zapatos. Este billetero siempre se ponía a las puertas de la panadería Elizondo de Río Sena. Por último, mi tía Cristina solía comprar su billete los domingos, a la salida de misa de una y media, en la iglesia de La Votiva.

Me urge… me urge ganar la lotería. Hacía mucho tiempo que no andaba tan "bruja", como decía doña Lola cuando tenía apuros económicos. Pero seguramente no soy la única que está en la "quinta pregunta", como solía decir coloquialmente una de las amigas venidas a menos de mi mamá. Qué horrible es "estar al día" y sufrir cada fin de quincena temiendo que alguno de lo cheques girados sea "rebotado". Lo peor de todo es que ya no tengo a quién pedirle prestado. Hay que decir, por otro lado, que ya nadie tiene para prestar. Imaginemos el siguiente diálogo:

—Te voy a pedir un favorzotote. No me enojo si no puedes… Créeme que si no estuviera en la situación en la que me encuentro no me atrevería a molestarte. Pero nuestra amistad de tantos años me da confianza para recurrir a ti. Además, me has dado grandes muestras de tu generosidad, así era tu mamá, y me acuerdo de que tu mamá grande también. Por cierto, tu marido es adorable. Y tus hijos… bueno… los quiero como si fueran míos. Es normal con la mamá que tienen… Como se dice, tú eres de las que haces el bien sin mirar a quién…

—Dime, en qué puedo ayudarte…

—No sé ni cómo empezar. Pero… estoy segura de que me vas a entender perfecto… Déjame tomar un poco de aire… Ya sé que lo que te voy a tratar no debe ser por teléfono. No me lo vas a creer… pero hoy en la mañana me quedé sin gasolina, de lo contrario ya me hubiera ido a tomar un cafecito contigo… ¿Me puedes, por favor, prestar 5 mil pesos?

—A buen árbol te arrimas, amiga. ¿Sabes cuánto dinero tengo en el banco? 280 pesos. No tengo ni en qué caerme muerta. Debo dos meses de hipoteca, uno de Autofin y todas mis tarjetas están bloqueadas…

Acerca del milagro como forma de vida vale la pena leer un párrafo del escritor francés Rémy de Gourmont:

El hombre está en perpetua espera del milagro, e incluso se enfurece si éste no sucede, con lo cual se descorazona. Pero el milagro acontece a menudo. Las vidas más humildes no son más que una serie de milagros o, más bien, de azares… ya que la vida sólo es un acto de confianza en nosotros mismos y en la benevolencia del azar.

Es exactamente lo que necesito, la "benevolencia del azar". Pobres o no pobres, eso sí, las y los mexicanos nunca perdemos las esperanzas, por eso… Me urge, me urge… jugar a la lotería…

Cuestionario

Abuela, tome un cuaderno y escriba las respuestas a las siguientes preguntas, o a otras que se le ocurran. Obséquielo a sus nietos, para que las generaciones siguientes –su descendencia– conserven viva su imagen: sus gustos, sus anécdotas, su legado.

1. *¿Cuál es su nombre completo?*
2. *¿Dónde nació y cuándo?*
3. *¿Cómo se llamaban sus papás y a qué se dedicaban?*
4. *¿Quién decidió su nombre y por qué se lo pusieron?*
5. *¿Tenía algún apodo?*
6. *¿Cuántos hermanos tiene y cómo se llaman?*
7. *¿A quién se parece de la familia?*
8. *¿Con quién de sus hermanos se llevaba mejor?*
9. *¿A qué jugaban?*
10. *¿Recuerda algún viaje con su familia?*
11. *¿Cuáles fueron los mejores momentos con su familia?*
12. *¿Cuáles los más tristes?*
13. *¿Cómo se llamaban sus abuelos y de dónde eran?*
14. *¿Qué recuerda del lugar donde vivía?*
15. *¿Tuvo mascotas?*

16. ¿A qué escuela fue?

17. ¿Recuerda anécdotas de su escuela?

18. ¿Qué quería ser cuando fuera grande?

19. ¿Cuáles eran sus cuentos favoritos?

20. ¿Cuáles eran sus dulces y su comida favorita?

21. ¿Qué le daba miedo?

22. ¿Cuánto costaban las cosas cuando era niña?

23. ¿Qué le gustaba estudiar en la escuela?

24. ¿Ayudaba con los quehaceres de su casa?

25. ¿Quiénes eran sus mejores amigos o amigas?

26. ¿Cuál fue su travesura más grande?

27. ¿Qué canciones le gustaban?

28. ¿Cómo era su ropa?

29. ¿Cómo festejaban su cumpleaños?

30. ¿Qué celebraciones había en su casa?

31. ¿Cuándo y dónde conoció al abuelo?

32. ¿Qué es lo que más recuerda de su noviazgo?

33. ¿Cómo fue su boda?

34. ¿Recuerda alguna anécdota de recién casada?

35. ¿Qué ha sido lo mejor que le ha pasado en la vida?

36. ¿Qué es lo más difícil que ha sufrido?

37. ¿Ha vivido en varios lugares y cuál le ha gustado más?

38. ¿Cuáles han sido sus pasatiempos favoritos?

39. ¿Qué profesión o trabajos ha tenido?

40. ¿Ha estado en el hospital?

41. ¿Le gustaría volver a vivir alguna etapa de su vida?

42. ¿Cuáles son sus creencias religiosas?

43. ¿Cómo fue su experiencia como mamá?

44. ¿Cuántos hijos tuvo y cómo se llaman?

45. ¿Por qué se llaman así?

46. *¿Recuerda anécdotas de sus hijos?*

47. *¿Cuántos nietos tiene y cómo se llaman?*

48. *¿Qué diferencia hay entre la educación que recibió y la de ahora?*

49. *¿Puede dar algún consejo a sus nietos?*

50. *¿Qué es lo que más le gusta de ser abuela?*

Esta obra se imprimió y encuadernó
en el mes de mayo de 2018,
en los talleres de Impregráfica Digital, S.A. de C.V.,
Calle España 385, Col. San Nicolás Tolentino,
C.P. 09850, Iztapalapa, Ciudad de México.